G. FÉLIX

S.E. Le CARDINAL MERMILLOD

Vie Intime

et

Souvenirs

Illustrations

de

Bouard

PARIS

LIBRAIRIE SAINT-JOSEPH

TOLRA, LIBRAIRE-ÉDITEUR

112bis, RUE DE RENNES, 112bis

SON ÉMINENCE

LE CARDINAL MERMILLOD

Propriété de l'éditeur,

G. FÉLIX

S.E. Le CARDINAL MERMILLOD

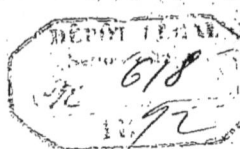

Vie Intime

et

Souvenirs

Illustrations
de
Bouard

PARIS

LIBRAIRIE SAINT-JOSEPH

TOLRA, LIBRAIRE-ÉDITEUR

112bis, RUE DE RENNES, 112bis

I

LA NAISSANCE

LA FAMILLE

LA PREMIÈRE COMMUNION

LE COLLÈGE

SON ÉMINENCE

LE

CARDINAL MERMILLOD

CHAPITRE PREMIER

LA NAISSANCE. — LA FAMILLE. — LA PREMIÈRE
COMMUNION. — LE COLLÈGE.

E veux que ma tombe soit près de mon berceau,
avait dit un jour Mgr Mermillod : il a vécu sur
le sol natal, travaillé dans son pays, évangélisé ses concitoyens et Dieu néanmoins n'a pas voulu,
pour le moment, exaucer ce vœu d'un enfant de la
Suisse; son tombeau, comme ceux des apôtres Pierre
et Paul, appartient à cette autre patrie, l'Église de
Rome, qu'il avait tant aimée.

L'amour de la Sainte Église, qui fut la lumière de sa
vie, projeta encore sur ses derniers jours un éclat d'une

mélancolique douceur. « Je remercie Dieu, écrit-il
dans son testament, de m'avoir fait naître dans le sein
de l'Église catholique, apostolique et romaine, seule
véritable Epouse et Eglise de Jésus-Christ; je le bénis
de m'avoir appelé à défendre les prérogatives du
Vicaire de Jésus-Christ au concile du Vatican, et de
m'avoir fait l'honneur de pouvoir donner mon *placet* à
son Magister infaillible; j'en éprouve la plus vive con-
fusion et la plus tendre reconnaissance, comme d'a-
voir été choisi, malgré mon indignité, pour être
prêtre, évêque, cardinal de la Sainte Eglise. »

Et le mourant termine en demandant pour sa tombe
cette courte épitaphe : *Dilexit Ecclesiam.*

Ces deux mots résument toute son existence.

Gaspard Mermillod naquit dans la petite ville de
Carouge, sur les bords de l'Arve, le 22 septembre 1824,
jour de la fête de saint Maurice. On aime à voir une
sorte de prédestination prophétique dans cette coïncidence. L'enfant qui saluait la vie en ce jour consacré à
la mémoire du soldat martyr était appelé, lui aussi, à
être l'un des plus virils défenseurs de la foi catholique.

Son père Jacques Mermillod, originaire de Bardonnex,
petit village du canton de Genève, était venu s'établir
à Carouge comme boulanger et aubergiste. C'était un
honnête homme et un bon chrétien, très simple, très
énergique, dont la rustique bonté rappelait le paysan
resté fidèle aux habitudes des campagnes. Il avait

épousé une jeune fille de son pays, gracieuse et bonne, dont la distinction native contrastait avec la rude enveloppe du boulanger. Pernette Mégard était une paysanne, elle aussi ; mais d'une complexion plus fine, d'un caractère plus doux, d'une charité plus compatissante, elle devait exercer, sur l'éducation de ses enfants, une influence prépondérante.

Presque toute sa vie elle conserva son costume national : la petite coiffe blanche légèrement ondulée des deux côtés du visage et le fichu *Marie-Antoinette* gracieusement posé sur les épaules. Cette modeste toilette rehaussait la délicatesse de ses traits et la bienveillance de sa physionomie. Tout petit, Gaspard lui voua un culte de tendresse que le temps ne devait qu'augmenter. Jamais le fils du boulanger ne cessa d'aimer et d'honorer la famille simple et pieuse où Dieu l'avait fait naître.

Sa naissance, comme celle de saint François de Sales à qui il devait tant ressembler, fut marquée par la douleur · à sa première entrée dans la vie, la souffrance vint au-devant de lui, comme une compagne de tous les instants dans le chemin du ciel. Il faillit mourir au moment de naître ; c'était un enfant si petit, si délicat, si pâle qu'il fallut l'envelopper d'ouate avant de le coucher dans son berceau beaucoup trop grand pour le chétif petit être, et la mère, durant de longs jours, épia sur ses lèvres sans couleurs le souffle de vie qu'on croyait à chaque instant devoir être le dernier.

Il fut baptisé dans l'église paroissiale de Carouge et reçut le nom de Gaspard.

Cet enfant mignon, débile, pour lequel on craignait tant, continua comme il avait commencé; suspendu entre la vie et la mort, on eût dit qu'il avait hâte de quitter la terre pour remonter plus vite au ciel. Chaque jour comptait une alarme et le danger fut permanent durant plusieurs semaines. Mais l'insondable Providence qui d'une main sûre, traçait déjà les plans de l'avenir, veillait sur le petit Gaspard, il se fortifia peu à peu, grandit lentement mais grandit et se développa : il devint vif, ardent, enjoué, spirituel. Si chez lui le corps vivait à peine, l'esprit se fortifiait, et plus ses petits membres étaient en retard, plus le caractère paraissait en avance.

Durant les six années qui suivirent la naissance de Gaspard, le foyer domestique s'était augmenté de trois enfants, une petite fille, Jenny, et deux jumeaux : Marie qui mourut à l'âge de dix-huit ans et Claude que nous retrouverons plus tard sous l'humble habit des fils de saint François d'Assise. Un petit frère, Joseph, naquit plusieurs années après et mourut très jeune.

Cette petite famille très diverse de nature, mais très vive, très gaie, très intelligente et très unie de cœur, s'élevait sans effort, sous les yeux d'un père foncièrement chrétien et d'une mère tendre et pieuse dans la modeste habitation qu'ils possédaient à Carouge. Située dans la rue Caroline, du côté de Saint-

Julien, cette maison avait au rez-de-chaussée la boulangerie, et la salle d'auberge, où de nombreux paysans savoyards venaient, les jours de marché, faire une petite consommation. L'unique étage était réservé à la famille et aux rares voyageurs qui de loin en loin réclamaient un gîte pour la nuit.

C'est là que les enfants apprirent à aimer Dieu et le foyer : cette maison basse, écrasée, de très simple apparence, garda toujours une large place dans leurs souvenirs. Dans sa retraite de Ferney, dans sa résidence épiscopale de Fribourg et sous les voûtes antiques des palais de Rome, Monseigneur Mermillod se rappelait avec émotion l'humble berceau de son enfance. Il revoyait la chambre où par une sorte de pressentiment de sa vocation future, il aimait à imiter dans ses jeux enfantins le prêtre à l'église. Il s'y était arrangé lui-même un petit autel où ne manquaient jamais ni les cierges, ni les fleurs. Gaspard disait la messe, les petits camarades de la rue qu'il avait appelés à la cérémonie, la servaient, faveur obtenue à la seule condition d'écouter le discours qui terminait la réunion. Gaspard cédait quelquefois à ses amis l'honneur de monter à l'autel, jamais celui de prêcher. C'était toujours lui qui prenait la parole et d'habitude l'auditoire se montrait complaisant.

Gaspard commença ses études au collège de Carouge, il y apprit à lire et à écrire; ses maîtres furent satisfaits et le prirent en affection. C'était un enfant vif et cares-

sant qu'on était tenté d'aimer avec prédilection. Sa
physionomie aimable et ouverte, ses mouvements gracieux plaisaient à tous et le curé de la paroisse,
M. Greffier, eut bientôt distingué parmi ses enfants
de chœur le spirituel petit garçon. Frappé de l'intérêt
avec lequel il prenait part aux cérémonies de l'Eglise,
le pasteur engagea les parents à faire apprendre le latin à son petit servant de messe et l'admit de bonne
heure à la première communion.

L'enfant se prépara à ce grand acte de la vie chrétienne avec la plus sincère dévotion et l'accomplit
avec un sérieux au-dessus de son âge. Le souvenir de
ce jour fut inoubliable et il le regardait avec raison
comme le début de sa vocation au sacerdoce. C'est à
partir de cette époque que se révéla l'amour excessif
qu'il eut toujours pour les pauvres ; sa tendresse pour
ceux qui souffrent allait si loin qu'il en oubliait —
comme autrefois François d'Assise — les règles d'une
exacte justice.

On raconte que, craignant de fatiguer ses parents
par ses incessantes demandes pour les malheureux, il
dérobait à la boulangerie de son père des pains qu'il
portait sans rien dire à quelque misérable famille ou
qu'il partageait aux enfants pauvres de son école.

Un autre larcin, dont il s'accusait plus tard avec
bonhomie, c'était celui *des bouts de chandelles* à l'aide
desquels il continuait secrètement, la nuit, les études
qui, dès lors, avaient séduit son active intelligence.

L'amour des pauvres et l'amour de la science furent les mobiles de ces fautes légères qu'eût réprouvées une conscience mieux éclairée, mais qu'on pardonne aisément à cet excellent cœur.

Les livres cependant ne lui faisaient pas oublier les divertissements de son âge ; il aimait à jouer et à courir avec ses camarades. Cette nature ardente avait besoin de mouvement et d'action. Parmi ses récréations préférées, les promenades à Bardonnex, le village paternel, tenaient le premier rang. Le chemin qui serpente en capricieux contours est ombragé de noyers séculaires ; au printemps les haies d'aubépines en fleurs envoient aux passants leurs légers parfums, les rossignols et les fauvettes, très nombreux dans ces bosquets, font entendre leurs concerts aériens et le petit hameau, assis au pied des collines vignobles que domine le Salève, apparaît au fond du tableau, tout enveloppé dans la verdure de ses arbres à fruits. Là, les grands parents, les oncles et les tantes, se disputaient le plaisir de fêter le gentil promeneur. On lui servait, selon la saison, des cerises, des abricots, des poires, des raisins ; on remplissait au départ ses poches toujours trop étroites pour recevoir toutes ces richesses. A son tour Gaspard rentré chez lui se montrait généreux à l'égard de ses camarades qu'il considérait tous comme de véritables amis.

A treize ans le jeune Mermillod quitta l'école de Carouge pour entrer au collège mixte de Genève et s'es-

seya dès lors, au milieu de ses condisciples protestants, au rôle de toute sa vie. La petite colonie catholique, qui suivait les mêmes cours, avait pour elle l'u-
nion, l'amour du devoir, l'intelligence. Dans ce groupe
d'enfants, il y avait déjà plusieurs célébrités en
germe : trois d'entre eux devinrent des prêtres éminents. Ils furent pour Gaspard des amis, et des amis
de toute la vie. Monseigneur Mermillod, eut le privilège des amitiés durables : on ne le connaissait pas
sans l'aimer et on ne pouvait l'oublier quand on l'a-
vait connu.

Dès son début dans le collège il fut choisi par ses
camarades pour être le chef de leur petite troupe :
les jeunes gens, forts de leur enthousiasme et de leur
foi, ne rêvaient rien moins que de convertir leurs condisciples protestants. L'ardeur du nouvel écolier, sa
parole facile, ses vives réparties le désignèrent bientôt
aux adversaires comme le lutteur le plus redoutable.
On craignait d'entrer avec lui dans une discussion dogmatique parce qu'il avait toujours raison. Les camarades catholiques applaudissaient ; les protestants
vaincus se retiraient de la lutte, mais pardonnaient
aisément au vainqueur un combat où sa douceur
avait égalé sa fermeté.

A Genève comme à Carouge, la promenade était un
des délassements favoris du jeune homme. La splendide beauté de ce pays qui, après Constantinople et
Naples, passe, à bon droit, pour l'un des sites les plus

Il s'était arrangé lui-même un petit autel. (Page 13.)

ravissants de l'Europe, impressionnait sa jeune imagi-
nation. Il aimait à errer sur les bords de ce lac qui
déroule, sous l'âpre souffle des bises, ses vagues argen-
tées et paisibles. Les Alpes qui bordent l'horizon lui révélaient quelque chose des hauteurs infinies où s'élève
l'âme du chrétien : au-dessus des montagnes et des
flots il voyait le ciel ; et, par delà les couches éthérées,
par delà le soleil et les étoiles, il cherchait Dieu et ses
saints, il prêtait l'oreille aux cantiques des anges.

La contemplation émue des merveilles de la nature
est commune à tous les grands hommes que Dieu a
fait naître dans un beau pays. Avant qu'ils aient su
penser, leur âme a chanté l'hymne de l'admiration ;
et si, plus tard, ils ont pris la plume, n'était-ce pas
pour chercher à redire dans le langage harmonieux
des vers ces mélodies mystérieuses des âmes ? La poésie, cette fleur de la jeunesse, s'épanouit au premier
soleil de leur vie et jette un éclat d'autant plus vif et
plus parfumé qu'il est appelé à disparaître bientôt.
Notre jeune rêveur ne tarda pas à essayer la verve
poétique puisée au bord de son lac, en face de ses
montagnes, dans une épître en vers adressée à un
poète banni de la Savoie. Jean-Pierre Veyrat venait de
publier : « *La Coupe de l'exil* » et avait obtenu du roi
Charles-Albert l'autorisation de rentrer dans son pays,
quand il reçut l'ode de Gaspard Mermillod. Ce jeune
cœur, épris du sol natal, avait su trouver des accents
inspirés pour compatir aux regrets de la patrie absente.

Oui, ta lèvre a tari la coupe de souffrance,
Longtemps tu parcourus la terre des douleurs,
Et rien ne te restait, pas même l'espérance,
Pas même un vieil ami pour essuyer tes pleurs !

Et seul tu gémissais bien loin de ta patrie,
Exilé, vers ses monts tu reportais tes yeux ;
Sur un sol étranger le rameau de ta vie
Se flétrit pour renaître ici plus radieux.

Ton âme ballottait sur une mer d'orage,
Naviguant à travers la tempête et la nuit ;
Car elle avait quitté le fortuné rivage
Où toujours apparaît le phare qui nous luit.

Nouveau Job, tu courbas le front sous la misère,
Comme lui tu marchais seul avec le malheur,
Et, comme lui, tu bus les eaux de la colère
Que versait dans la coupe un ange du Seigneur.

De son trône éternel Jéhova vit tes larmes,
Il comprit de ton cœur les immenses désirs ;
Dans tes maux tu brûlas de connaître ses charmes,
A l'éclat de son nom de mêler tes soupirs.

Puis l'on vit tes genoux s'abaisser sur la pierre,
Ton sein se reposer sur le sein de Jésus ;
Le Seigneur acceptait l'encens de ta prière,
Et versait dans ton cœur des plaisirs inconnus.

Un prince généreux te rendit la patrie,
Vers le toit paternel tu tournas ton regard ;
Et tu pleurais alors !... hélas ! la main hardie
D'un avide héritier avait ravi ta part !

Pour calmer ton chagrin tu saisis une lyre,
Et des chants de douleur, de plaisir, tour à tour
Coulent harmonieux de ton brûlant délire ;
Mais le malheur attriste et ta nuit et ton jour :

Triomphe de l'orage, ô sublime poëte!
Qu'importe qu'ici-bas il te faille souffrir?
Le cygne d'Albion volait dans la tempête,
Le Tasse rayonna quand il allait mourir.

Redis, redis encor des hymnes d'harmonie,
J'ai vu notre Savoie applaudir tes concerts;
Regarde avec amour tressaillir ta patrie,
Et montrer son soleil aux yeux de l'univers.

Le monde, nous dis-tu, s'élève sur des ruines,
Il chancelle déjà comme un temple ébranlé;
Le vice aurait chassé les célestes doctrines!
Lui seul serait aimé de notre humanité!

Barde, console-toi, le Christ règne au Calvaire,
Il subit maintenant un horrible combat;
Mais sa main va briser le marbre funéraire
Qui semble le cacher dans l'ombre du trépas.

Le Seigneur t'a choisi pour chanter sa victoire,
Il posa sur tes doigts le luth des Séraphins;
Archange d'ici-bas, oh! célèbre sa gloire,
Tes accents couvriront les blasphèmes humains.

La haine te poursuit jusque dans ta patrie,
Le serpent s'est dressé vers l'aigle radieux;
Poëte, des méchants brave la calomnie,
Ils rampent sur la terre et tu voles aux cieux. »

A l'heure où il écrivait ces vers, Gaspard Mermillod continuait ses études au petit séminaire de Saint-Louis-du-Mont près de Chambéry. Cette poésie, jeune de forme et d'idée, n'en recèle pas moins la vivacité de ses sentiments, sa piété envers Dieu, son amour pour la patrie. « Tout ce qui me vient de mon pays me fait verser des larmes », écrivait-il à cette époque, et depuis qu'il s'est éloigné de « son beau pays » tous ceux qu'il y a connus, tous ceux qu'il y a aimés sont l'objet constant de sa sollicitude affectueuse et parfois inquiète : il s'informe de tous, il veut être rappelé au souvenir de tous. Ses deux grand'mères, ses oncles, ses tantes, ses amis occupent une partie de ses lettres, et « les voisins, ces bons voisins ! » Quel plaisir il aurait de les revoir ! Combien le jeune *cadet* jouirait de leur naïve admiration à la vue de son habit militaire : « Je désirerais bien que Tagaut vînt à Chambéry ; il me verrait en costume de *capitaine des voltigeurs*. Les épaulettes sur l'épaule, l'épée à la main, qu'il fait bon commander alors ! »

« Si Joseph sait bien manœuvrer, comme je l'espère — il ne peut pas manquer de bien apprendre sous M. Dupaz, l'ancien colonel — je lui donnerai les galons de sergent ; ah ! le beau sergent ! » Puis il revient à sa sœur, essayant dès lors auprès d'elle le rôle de conseiller : « Un petit mot à mademoiselle Jenny, dit-il, je voudrais qu'elle eût un peu plus d'orthographe, qu'en écrivant une lettre elle n'aille pas tantôt au grenier et tantôt à la cave, qu'il y eût plus de régularité dans sa lettre, qu'elle sût mieux la plier et mettre l'adresse ; c'est un petit avis en passant. En lisant cet avertissement, je crois voir Jenny s'écrier : C'est bien à lui de donner des conseils... lui qui gribouille, lui qui écrit si mal qu'on ne peut pas le lire !... Allons, est-ce que Gaspard peut s'appliquer à écrire, quand on est capitaine, quand on a une compagnie de chasseurs sous ses ordres? On a bien autre chose à faire. » Cependant les rêves de gloire militaire ne font pas oublier au petit « capitaine en garnison à Saint-Louis » sa bourse complètement vide et il ajoute : « Comme je ne retire pas encore de paie pour ma place de capitaine, je désirerais bien que M. Tagaut m'apportât quelque argent. » Hélas ! la personne qui manque à sa vie, celle qu'il réclame à son père avec une aimable insistance, c'est sa mère : « Quant à toi, chère maman, tu n'es pas bien décidée à venir, cependant je t'attends, il faut que tu viennes, j'ai besoin de ta présence ici ». Et comme M. Mermillod répond que l'absence de sa femme occasionnera dans la maison un vide trop senti de tous pour qu'il consente aisément à ce voyage, Gaspard lui écrit aussitôt : « Cher papa, tu te plains de cette absence, mais pense qu'elle ne sera pas longue : deux ou trois jours ! » Si le père persiste dans son refus, c'est l'enfant qui, profitant des vacances de Pâques, reviendra à la maison, « car, dit-il, je ne puis résister au désir de vous voir, mais j'aimerais mieux que maman vînt pour qu'elle voie une fois Chambéry en sa vie. » A ce mot la mère répond tendrement : « Mon cher fils, ce n'est point les curiosités de Chambéry que je désire voir, c'est toi. »

La mort de sa grand'mère maternelle survenue deux mois auparavant avait occasionné à l'enfant une sorte

de mal du pays. C'était le premier être aimé auquel,
en entrant au collège, il avait dit l'éternel adieu. Ce
sentiment se mêle à la résignation chrétienne dans la
lettre qu'il écrivit à sa famille après ce triste événement : « J'ai eu beaucoup de peine en apprenant la
mort de ma chère grand'mère, mais puisqu'il a plu au
Roi du ciel de la retirer, disons avec le saint homme
Job : « Dieu nous l'a donnée, Dieu nous l'a ôtée, que sa
sainte volonté soit faite ; maintenant au lieu de vous
charger de l'embrasser de ma part, il nous faut inter-
céder pour elle auprès du Tout-Puissant afin qu'il
accorde à son âme le repos éternel. »

Cet hiver de 1838 avait été exceptionnellement rigoureux : le thermomètre avait marqué 20 degrés et la
mère inquiète craignait que le petit pensionnaire
n'eût souffert du froid ; Gaspard se hâte de la rassurer :
« Je crois bien que ces temps passés, le froid était aussi
fort qu'à Genève, mais, Dieu merci, je ne l'ai pas senti. »
Il ne s'apitoie pas sur lui-même ; du reste sa santé est
bonne, ce qui l'occupe, c'est sa mère : « Il n'y a que
toi, bonne maman qui as mal à la jambe, mais ne te
fatigue pas tant, je t'en prie : il faut avoir quelque soin
de ta santé, elle est trop précieuse à tous pour que tu
la négliges, je prie chaque jour le Seigneur qu'il te
guérisse. »

Toutes les lettres de cette époque sont pleines de
cette tendresse inquiète et de cette gaieté exubérante
qui semblent se succéder perpétuellement dans ce

Le vénérable vieillard vint nous ouvrir. (Page 32.)

jeune cœur. Nous voudrions pouvoir les citer toutes :
« Si vous saviez l'ennui que me cause votre silence ; je
me figure qu'il vous est arrivé mille malheurs. Pour
me distraire de ces pensées je relis vos lettres; mais
bientôt je les arrose de mes larmes! » — « Je ne suis
jamais si content que quand je vous écris ou que je
reçois vos lettres. Il me semble alors que je suis auprès de vous, que nous causons ensemble au coin du
feu. » Il lui tarde d'aller revoir « le ciel de Carouge ; »
mais tout sera bien changé : « le petit Joseph sera aussi
grand que moi, Claude pourra déjeuner sur ma tête.
Parlez-moi de mon pays : je ne sais pas seulement si
l'écureuil est toujours sur la porte... Je recommande
le lapin à Claude ». Au nouvel an il envoie « un grand
paquet de souhaits et de baisers à une foule de parents,
d'amis, de voisins qu'il énumère longuement et termine par ces mots : « Enfin, à tout le monde ; je ne
peux pas mettre les noms de tous ceux que j'aime, je
n'ai pas assez de papier. »

Au mois de mai, il demande à sa mère et à sa sœur
de communier une fois pour lui pendant ce mois. Son
amour pour la sainte Vierge, naïf et enfantin, s'exprime
bien souvent dans ses lettres : c'est sous sa protection
qu'il met ses études ; c'est à Elle qu'il confie la famille
absente et la santé de sa mère dont il paraît toujours
soucieux.

Le jeune étudiant désirait sincèrement satisfaire
ses parents; c'était là le motif principal de son travail

et de sa bonne conduite : on sent qu'une grande sévé-
rité tempérée par beaucoup de douceur l'avait façonné
de bonne heure au respect et à l'amour de la famille
et des maîtres. Les lettres qu'il recevait de son père
étaient bien faites pour maintenir cette disposition :
« Je dois te recommander, écrivait M. Mermillod à son
fils, la soumission, l'obéissance et le respect à tes supérieurs, auxquels je présente mes humbles hommages.
De notre côté, nous ferons ce qui sera possible pour que
nos sacrifices et les peines que tu te donnes ne soient
pas infructueux. Ta mère en particulier mérite bien,
par ses soins, quelque reconnaissance de ta part. »

Gaspard envoyait régulièrement à sa famille de bons
bulletins. Sa conduite obtenait toujours la note *très
bien*, et il était souvent le premier de sa classe. Malgré
cela, il n'était pas complètement rassuré; on le voyait
dans des phrases comme celle-ci, que l'on retrouve
plusieurs fois dans ses lettres : « Si mon bulletin n'est
pas bien satisfaisant, j'espère que le prochain sera
meilleur, car j'ai pris de fermes résolutions que j'ai
mises sous la protection de la Bienheureuse Vierge
Marie, et j'espère les accomplir. »

Le temps était cependant bien rempli et le modeste élève se faisait remarquer par son ardeur à l'é-
tude et son désir de tout connaître et tout apprendre.
Sa merveilleuse aptitude à tout s'assimiler, sa mémoire, ses talents naissants, joints à un bel ensemble
des qualités de l'intelligence et du cœur, faisaient de

lui un élève excellent, sans que rien néanmoins pût
faire pressentir à cette époque la brillante carrière qui
lui était réservée. Son goût pour la piété, qui s'était
singulièrement développé depuis son séjour au petit
séminaire, attira l'attention de ses maîtres, et l'archevêque du diocèse, Mgr Billet, à qui il avait été pré-
senté, lui témoigna, dès lors, le plus affectueux intérêt.
Mais l'âme qui sut le mieux comprendre cette âme
d'enfant si semblable à la sienne, fut le chanoine
Rendu, inspecteur des études, appelé dans la suite au
siège épiscopal d'Annecy. L'intimité de cet homme de
bien avec l'adolescent était d'un charme incomparable
et Mgr Mermillod, fidèle à ce souvenir, a tracé un jour,
de ce maître aimé, cette rapide esquisse :

« Doué au suprême degré d'une bonté attirante qui
se reflétait sur sa physionomie. il était accessible à
tous, il parlait à tous leur langage, il descendait aux
conversations les plus familières et les plus péné-
trantes. Les hommes importants des villages étaient
gagnés par sa simplicité, il se faisait *tout à tous ;* l'agri-
culture, les produits des champs, la valeur des terres,
tout sujet prenait un charme séduisant sous sa parole,
et à son départ d'une paroisse, il y avait une impression de vertu et de joie qui faisait dire que la grâce, la
bonté, l'âme de saint François de Sales avaient passé
par là...

« Jamais un mot qui pût blesser *la première peau
du cœur* n'est sorti de sa bouche ; tout sujet s'agrandis-

sait sous sa parole ; l'entretien le plus vulgaire était séduisant, tant il savait l'entremêler des éclairs de son intelligence et des chaudes effusions de la sensibilité de s on cœur. Près de lui, on se sentait ravi par des mots tour à tour profonds et délicats et il y avait sur son front une sérénité qui saisissait. Il était un de ces hommes bien rares qui ont su conserver, à travers la froideur, l'égoïsme et l'ennui de notre âge, le plaisir charmant de la conversation frrnçaise. A ses yeux c'é-tait un apostolat; il aimait à rencontrer ceux qui ne croyaient pas, sa bonté les gagnait et son intelligence les captivait. Personne n'a mieux su allier, dans son admirable mesure, l'amour de la vérité et la bienveil-lance pour ceux qui ne pensaient pas comme lui; il savait parler, il savait écouter.

Mêlé aux luttes de son époque, il ne resta étranger à aucune œuvre qui intéresse le bien. Son nom, ses écrits, son influence traversent les Alpes ; et au milieu de ce prestige qui l'entoure, il garde une tendresse de cœur qui ne peut être appréciée que par ceux qui l'ont vu de près. »

Ajoutons que l'élève devait un jour admirablement ressembler au portrait qu'il traçait du maître; d'une nature extraordinairement impressionnable et sensible il se façonna peu à peu et presque à son insu sur le mo-dèle qui l'avait charmé.

Ce fut ainsi, sous les auspices de la religion et en-touré de chaudes amitiés qui presque toutes furent durables, que Gaspard Mermillod poursuivit ses études à Saint-Louis-du-Mont où il acheva sa rhétorique. Il vint ensuite à Fribourg faire sa philosophie sous la direction des Révérends Pères Jésuites.

Heureux et content de cette vie nouvelle il écrivait : « Je n'échangerais pas mon petit cabinet, mes livres, *pour tout l'or du monde. Les heures passent vite et* j'ai du travail par-dessus les yeux ; depuis cinq heures du matin à huit heures du soir, toutes mes minutes sont comptées. J'ai huit professeurs ! Jugez si j'ai le loisir de regarder voler les mouches ou plutôt de voir tomber la neige, car l'hiver est là, avec son ciel pâle, ses jours tristes et froids ; le vent souffle très fort et je l'entends gronder à travers mes doubles fenêtres. »

Ici, comme à Chambéry, il sut se faire aimer de ses condisciples aussi bien que de ses maîtres ; car il commençait à devenir, non seulement un très bon élève, mais un *élève remarquable. Il était par excel-*lence le camarade sympathique, complaisant, rieur, auquel on pouvait toujours demander un service et qui toujours le rendait gaîment. Il y avait déjà dans son caractère quelque chose de ce charme souverain fait de piété, de désintéressement. de bonté et de douceur qui plus tard attira si vivement.

On aime à l'entendre raconter comment au retour des vacances il s'était détourné de sa route pour aller *près de Bulle, embrasser avec quelques amis, leur* vieux supérieur.

« Après trois quarts d'heure de marche nous voyons briller une lumière et nous avançons, traversant les croix noires plantées çà et là dans le cimetière. Il faisait sombre, la neige tombait et dix heures sonnaient à la chapelle ; nous arrivons enfin devant la porte d'une pauvre maison de bois, ouverte au vent ; je frappe : — Qui est là ? — De jeunes amis qui veulent vous saluer en passant. » Le vénérable vieillard vint nous ouvrir et après qu'il nous eut tour à tour pressés sur son cœur, nous le laissâmes se coucher, dans sa petite maison, près de ce cimetière, où dit-il il va bientôt aller. Les larmes roulent sur nos visages et sur le sien ; nous l'embrassons encore et nous partons. »

Gaspard apportait aux récréations sa gaîté vive et originale et ses saillies parfois assaisonnées de malice ne lui faisaient pas enfreindre le règlement. Une fois cependant il se départit de sa réserve habituelle ; ses camarades l'ayant plaisanté de ce qu'il arrivait quelquefois le dernier à la chapelle, il eut la singulière idée de brouiller, le soir même, toutes les chaussures, si bien que le lendemain matin chaque élève ne retrouvant qu'un soulier de la grandeur voulue, on perdit un temps considérable à réparer le désordre. Lui, triomphant au milieu de l'émoi général, se chaussait tranquillement et arrivait à la chapelle le premier. On eut bientôt reconnu l'auteur du mauvais tour, et cela lui valut de la part du Supérieur une semonce que du reste, on n'eut jamais depuis l'occasion de re-

nouveler; mais toute sa vie Mgr Mermillod conserva
un goût marqué pour ces espiègleries enfantines, ce
qui prouve le fonds de gaîté de ce caractère ordinaire-
ment absorbé et pensif.

Cette nature aimable et candide n'avait pas
d'envieux; son talent, qui commençait à prendre une
forme plus précise, ne trouvait chez ses condisciples que des admirateurs et sa manière de voir,
toujours juste, que des approbateurs. On était à l'heure
de ces luttes ardentes où la politique, la littérature, la
philosophie et la religion passionnaient de nouveau
les esprits, agitaient les sphères élevées, remuaient les
masses, franchissaient la porte des écoles et s'empa-
raient de la jeunesse frémissante. A Fribourg les étu-
diants en philosophie ne restaient pas entièrement
étrangers à ces questions brûlantes et parfois durant
les récréations, elles furent abordées avec la témé-
rité d'une science incomplète et le naïf enthousiasme
de l'adolescence. Dans ces discussions amicales Gaspard Mermillod tint une place d'honneur au milieu de
ses condisciples; ils écoutaient volontiers son argu-
mentation nette et rapide et aimaient à applaudir ces
modestes triomphes.

Sa parole riche d'images, ses gestes gracieux, l'into-
nation de sa voix pleine de souplesse, les captivaient
et peut-être soupçonnèrent-ils dès lors que la cause du
bien venait de conquérir un brillant défenseur de
plus.

3

Ses lettres d'alors trahissaient ses pensées : « On dit qu'à Genève les catholiques sont vigoureux et qu'ils osent enfin montrer qu'ils ne sont pas « frères cadets » de leurs concitoyens protestants mais « frères égaux. » Les prétendus frères aînés accaparaient toutes les places, muselaient les catholiques et ceux-ci acceptaient le bâillon sans mot dire : leurs droits remontent cependant plus haut que ceux des Protestants.

Avant l'arrivée de Calvin, Genève était catholique... Somme toute, la religion catholique est la seule vraie, elle survivra à toutes les sectes, et, puissante elle sera encore, quand le protestantisme gîra sous le drap mortuaire. Mon jeune cœur de catholique bat fort quand il voit qu'on veut avilir sa religion et que beaucoup de nos gens sont lâches quand il faut la défendre. »

Dans ces accents jeunes et fiers on pressent celui qui devait porter si haut dans son pays le drapeau de la foi.

Chaque automne, les vacances ramenaient Gaspard au sein de sa famille; il y retrouvait la modeste habitation et le charme délicieux de la vie domestique douce et monotone. La simplicité sévère, l'économie qui n'excluait pas la générosité, les habitudes austères gardées de la vie des champs, y répandaient le parfum fortifiant des vertus d'un autre âge.

Revenu à Fribourg il reprenait sa correspondance pleine de cœur et de sollicitude pour les siens. Il rappe-

lait à Jenny de veiller à la prière en commun, disait
à Claude et à Marie de se préparer dignement à leur
première communion, promettait des images à Joseph,
s'il continuait à être bien sage. A tous il recommande
de faire marcher de compagnie « la vertu et l'étude,
car le travail sans la piété, c'est comme un boiteux
sans bâton ; il ne peut marcher longtemps. » On sent
dans ses lettres que sa piété s'épure, ses affections s'é-
lèvent, il veut qu'en s'aimant on aime le Bon Dieu,
afin de pouvoir s'aimer éternellement, « car que servi-
rait de s'aimer ici-bas, si après la mort nous devions
être séparés pour toujours ? »

Ces heureuses dispositions, le séminaire devait les
développer, en indiquer la voie, en préciser le but.
L'appel d'en haut commençait à se faire entendre et la
pierre précieuse, taillée selon la volonté du Maître,
allait bientôt acquérir tout l'éclat qu'on n'avait fait
qu'entrevoir.

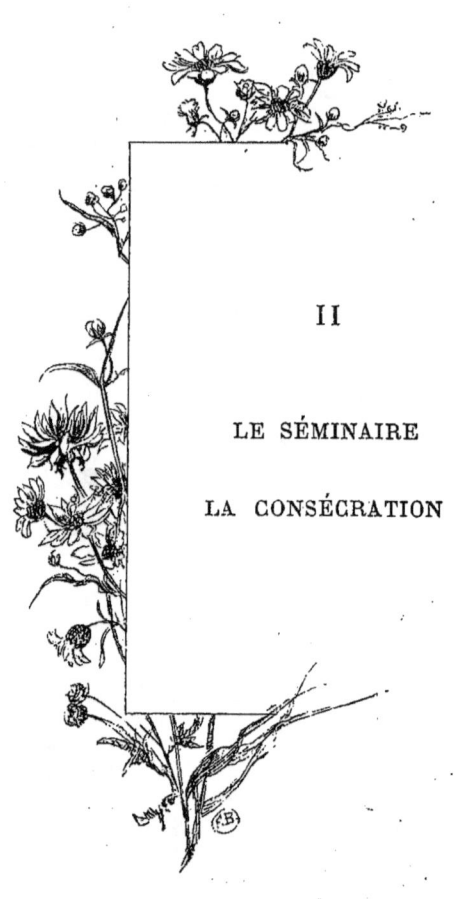

II

LE SÉMINAIRE

LA CONSÉCRATION

CHAPITRE II

LE SÉMINAIRE — LA CONSÉCRATION

'HEURE qui décide de la vocation était venue pour Gaspard Mermillod; heure solennelle et grave entre toutes où Dieu invite l'homme à choisir la route qui doit le conduire à l'éternité. Heure cruelle et désolée pour plusieurs, pleine d'hésitation et d'angoisses, où la clarté n'apparaît que comme un trait rapide auquel succèdent les ombres profondes de l'irrésolution. L'impression du vide et de l'abandon tient en quelque sorte l'âme suspendue sur un abîme : où poser le pied, vers qui tendre les bras? Il semble que, tour à tour, Dieu attire et Dieu repousse; que sa voix ne répond pas à l'appel de l'âme; et, durant de longs jours, des années parfois, le ciel paraît fermé et l'existence incertaine. Heure au contraire facile et bénie pour quelques-uns qui dès l'enfance ont pressenti la voie, l'ont entrevue de loin et s'y engagent les lèvres souriantes et le cœur en fête, comme dans le sentier lumineux qui mène à la vie.

Gaspard Mermillod fut de ces derniers : il n'avait pas fait de rêves impossibles ; il n'avait pas connu *l'inexorable ennui;* son cœur pur avait depuis longtemps contemplé au dedans de lui-même l'Infini, il voulait s'en approcher de plus près. Servir Dieu et l'Eglise, tel était depuis des années le vœu de l'adolescent. Les graves leçons de ses professeurs les RR. Pères Freuendenfeld et de Rothenflüe avaient exercé sur lui une influence décisive : poussé par une irrésistible vocation, il entra au séminaire, l'âme heureuse et le visage épanoui.

Tout lui plaisait dans la pieuse maison où il venait puiser l'esprit sacerdotal : la paix, le silence, la gravité des maîtres, la sérénité des jeunes fronts, où la pensée austère et douce se reflétait tout entière ; la simplicité de la cellule, l'écho des grands corridors, la chapelle mystérieuse où l'âme montait si haut qu'elle en oubliait les choses de la terre. Il se sentait à l'aise dans cette atmosphère tout imprégnée du divin. Son cœur se dilatait, s'agrandissait sous cette influence bénie et s'abreuvait peu à peu à la coupe de science et

Le début, très beau, captiva bientôt l'attention... (Page 46.)

d'amour qu'il devait répandre un jour sur les foules altérées de vérité et de lumière. C'était une de ces âmes « en qui la sensibilité monte aisément au bord du vase, se trahit sur la physionomie, se répand dans les larmes, se communique par la voix et les œuvres : fleuves roulant leurs eaux à pleins bords, toujours prêts à s'épancher et à féconder leurs rivages. » Le sceau de saint François de Sales avait déjà marqué son cœur et son front.

Initié de bonne heure aux habitudes de la vie chrétienne, de la piété et de la discipline, le jeune néophyte n'eut aucune peine à entrer dans l'esprit et les usages du séminaire.

On se levait à cinq heures du matin et, après une heure de méditation, on allait à la chapelle pour assister à la sainte messe. De là on se rendait aux cours. « Oh ! le beau temps, s'écriait le jeune séminariste, que celui passé entre le bon Dieu et les livres ! Il parle avec bonheur de « sa belle vie de séminariste : prières, études, récréations, il y a bien là de quoi faire passer au galop les jours et les mois. » « Toute ma vie se renferme entre les classes, ma chambre et l'église, et je me trouve au large ; tous les jours, après dîner, dans notre jardin ; après souper, dans une grande salle, je caracole de toute mon âme. »

Rendons ce témoignage au nouveau séminariste : malgré sa vivacité, il fut toujours d'une soumission parfaite et ses directeurs n'eurent qu'à se louer de son obéissance et de sa modestie. Ici comme au collège tous ses camarades le recherchaient, attirés par la fraîcheur de poésie et de jeunesse répandue dans toute sa personne et par la grâce expansive de ses entretiens où son cœur s'ouvrait tout entier. Il jouissait naïvement de son ascendant et s'habitua bien vite à ne voir que des frères dans cette réunion d'amis nombreux que lui avait procurés le séminaire.

Le jugement des maîtres lui était aussi favorable que celui des élèves et parmi ses professeurs le Révérend Père Roh fut un de ceux qui surent l'apprécier davantage. Le célèbre Jésuite, dont la réputation comme orateur fut si vive en Allemagne, et qui parlait avec une égale perfection le français, l'allemand et le latin, enseignait alors la théologie à Fribourg et les élèves du séminaire suivaient assidûment ses leçons. Sa parole frappait autant par sa logique serrée et son raisonnement profond que par l'ampleur et la séduction de la forme ; tous l'admiraient, mais personne ne fut plus complètement subjugué et ne reçut davantage l'empreinte de son talent que Gaspard Mermillod.

Parmi tant d'hommes distingués qu'il était appelé à côtoyer dans la vie, aucun ne fit sur le jeune Mermillod une aussi vive impression que Monseigneur Marilley, récemment élevé au siège épiscopal de Lausanne et Genève, avec résidence à Fribourg. Dans ses lettres à sa famille, il ne tarit pas d'éloges sur la gracieuse

charité de l'Evêque ; il raconte comment, les jours de
fête, il a l'honneur de servir la messe du prélat et de
communier de sa main. Monseigneur du reste est plein
de condescendance pour ses chers enfants du séminaire ; il vient quelquefois officier dans leur chapelle,
et de temps à autre se mêler à leurs récréations ; « il est
alors d'une bonté et d'une bienveillance qui charment
tout le monde. » De son côté, l'évêque, dès la première
entrevue, s'était senti incliné à une affection spéciale
pour cet étudiant à l'aspect un peu chétif, mais dont
le profond regard, le fin sourire, la douce physionomie révélaient l'âme d'élite et la belle intelligence. Il
pressentait l'auxiliaire dévoué de ses labeurs, le bras
droit de ses œuvres.

Déjà, en effet, on pouvait prédire au jeune Mermillod une brillante destinée. Sa parole devenait, de jour
en jour, plus persuasive, son éloquence plus vraie ; son
talent d'improvisateur se laissait deviner.

On eut un jour l'occasion de l'apprécier. Il est
d'usage au séminaire de prêcher à tour de rôle ; c'est
ainsi que les jeunes apôtres font leurs premières armes.
Le tour de Gaspard étant venu, il écrivit avec soin
toute la première partie de son sermon et l'apprit de
son mieux, mais il en resta là et parut négliger complètement la suite du discours. Ses condisciples, qui
n'ignoraient pas ce détail, éprouvèrent un peu d'émotion en le voyant prendre la parole : ils se deman-

daient avec quelque inquiétude comment il allait se tirer d'affaire.

Le début, très beau, captiva bientôt l'attention, mais quand Mermillod — passant du premier point qu'il avait étudié au second dont il n'avait pas écrit un mot — laissa libre cours à son inspiration et à son éloquence naturelle, l'auditoire fut transporté. Cette chaleureuse improvisation ressemblait à une traînée lumineuse toute constellée d'étoiles et parsemée de fleurs. Le coloris, la poésie, la tendresse de cette parole sacerdotale avaient une suavité et un éclat d'une inimitable beauté.

Ce jour-là Gaspard Mermillod s'était révélé comme un orateur de premier ordre, mais avant de s'emparer entièrement de la chaire chrétienne, il lui restait à gravir les degrés du sanctuaire.

Dans le silence d'une retraite préparatoire, il se disposa aux grandes choses que Dieu attendait de lui, par l'épuration de son intelligence et de son cœur, par la méditation et la prière. La sainte Vierge, saint Joseph, saint François de Sales, son ange gardien et ces autres doux protecteurs du ciel auxquels il garda toute sa vie une dévotion naïve et filiale, emplissaient et charmaient sa solitude. Ces jours de repos en Dieu furent de tout temps les jours que préférait le jeune homme : « Nous laissons nos livres, nous abandonnons les classes pour faire un petit voyage dans notre âme L'église et notre chambre, c'est tout ce que nous voyons ; depuis le lever jusqu'au coucher, on ne pense qu'à Dieu, on n'ouvre la bouche que pour prier ou se confesser. Seul avec son crucifix, on médite sur la mort, l'enfer, sur ces terribles vérités qui font comprendre que nous ne sommes sur la terre que pour gagner le ciel. » Mon cœur bat à l'approche de ces saints jours durant lesquels nous faisons notre *inventaire :* nous calculons ce que, pendant une année, notre âme a gagné ou perdu pour le ciel. Ces comptes une fois réglés nous n'en sommes que plus heureux. »

La retraite commencée paisiblement et joyeusement se termina dans la paix et l'amour : le jeune séminariste était aussi sûr de sa vocation que confiant en sa destinée! « Oui, bientôt je serai prêtre, écrivait-il, mon cœur est inondé de joie à l'approche de ce grand et beau jour où je serai consacré prêtre de mon Dieu. »

Il reçut le diaconat à Annecy, sur le tombeau de saint François de Sales, des mains de son éminent ami Mgr Rendu ; et le 24 juin 1847, en la fête de saint Jean-Baptiste, il fut ordonné prêtre par Mgr Marilley, avec dispense d'âge.

Le prélat consécrateur avait pris pour texte de son allocution ces paroles de l'office du jour : « Le Seigneur a rendu ma parole semblable à un glaive perçant... il m'a tenu en réserve comme une flèche choisie. Il m'a tenu caché dans son carquois et m'a dit : Israël, vous êtes mon serviteur, je vous ai établi pour être la lumière des nations et le salut que j'envoie aux extrémités de la terre. »

Appliquées au jeune prêtre, ces paroles étaient plus qu'un présage, c'était une prédiction.

Il les écouta avec émotion ; son cœur, ce jour-là, débordait de saintes ardeurs et de pieux enthousiasmes. « Mes bien-aimés parents, écrivait-il à sa famille quelques instants après sa consécration, mes bien-aimés parents, que Dieu soit à jamais béni ! Votre Gaspard est prêtre ; oui, je suis prêtre de Notre-Seigneur Jésus-Christ, cette pensée m'effraie et me console. Moi, si indigne, me voir chargé des pouvoirs les plus extraordinaires : le bon Dieu m'a communiqué la puissance de consacrer, de remettre les fautes quelque grandes qu'elles soient. Après la belle et touchante cérémonie de l'ordination je sentais le besoin de me retirer à l'écart et de verser des larmes brûlantes à la vue des merveilles que Dieu venait d'opérer. Aussi je le prie avec ferveur que désormais il n'y ait pas en moi une seule fibre, une seule pensée qui ne soient dévouées sa gloire et à son amour. »

Jésus, qui choisit lui-même les ministres de ses autels, s'était plu à orner le nouvel élu de tous les dons de l'esprit et du cœur ; il lui avait donné la foi vive et éclairée qui fait les apôtres et la tendre et généreuse bonté qui ravit les âmes.

Il est d'usage au séminaire que le jeune prêtre récemment ordonné donne à ses aînés, dans le sacerdoce, la première bénédiction de sa main consacrée. L'abbé Mermillod raconte lui-même, dans une lettre intime, l'impression que lui fit cette scène émouvante : « Dès que je fus consacré prêtre, ce qui m'a vivement touché, c'est de voir mes vénérables supérieurs à cheveux gris tomber à mes genoux, me baiser la main et me demander ma bénédiction. Je tremblais en me voyant si jeune, bénir ces respectables vieillards blanchis dans les travaux du sacerdoce, courbés devant moi. La foi et la religion leur montraient, dans le jeune homme, un nouveau prêtre, et c'est assez pour l'honorer. »

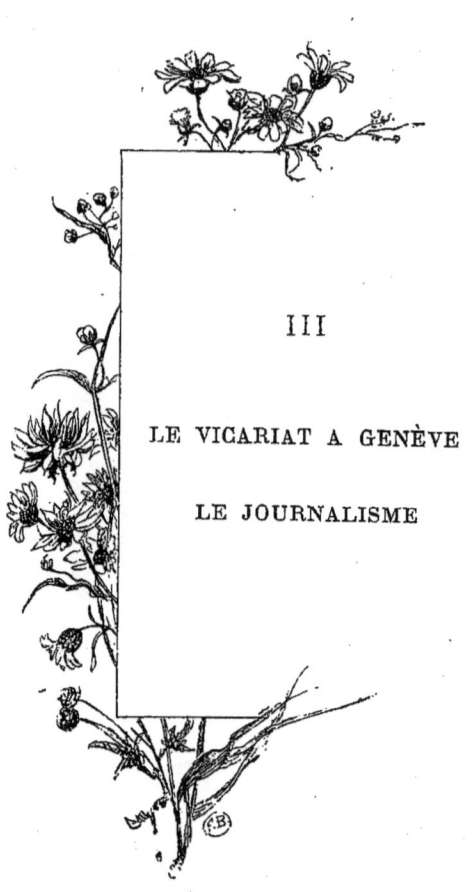

III

LE VICARIAT A GENÈVE

LE JOURNALISME

CHAPITRE III

’ABBÉ Mermillod attendit trois jours après son ordination pour dire sa première messe. Il tenait, lui si dévoué à l'Eglise, à célébrer pour la première fois le saint sacrifice en la fête de saint Pierre et saint Paul. La cérémonie eut lieu à Genève où le jeune prêtre allait débuter dans la sainte carrière.

Lors de la Réforme, défense absolue avait été faite de dire la messe dans la cité de Calvin, mais dès l'époque de saint François de Sales, une pauvre fille, Jacqueline Coste, l'humble servante de l'*Ecu de France*, avait obtenu par ses soins et par sa piété que, pour la première fois depuis la Réforme, le saint sacrifice

y fût célébré. Ayant un jour prêté l'oreille à une discussion de saint François de Sales avec un pasteur
calviniste, elle en fut si émue et suivit si ardemment
les développements de la controverse qu'elle fit vœu
de se confesser au saint si Dieu lui donnait la victoire
dans cette discussion. C'est ce qui arriva, et quelque
temps après saint François, qui n'était encore que
missionnaire, s'arrêta de nouveau secrètement dans
cette hôtellerie. La servante se confessa à lui et reçut
le lendemain la sainte communion que le saint lui
apporta au péril de sa vie. En la quittant, il lui donna
pour mission de convertir son maître et sa maîtresse.
Celle-ci fut conquise par la parole persuasive de la
pieuse fille. C'était en 1601. En ce temps-là, un ambas-
sadeur français vint à Genève, accompagné de son
aumônier, et la domestique s'empressa de solliciter
pour sa maîtresse la grâce de la première communion.
Le prêtre accéda à ce désir, la cave de la maison fut
pour une heure convertie en chapelle, la sainte messe
y fut célébrée et les deux humbles femmes y commu-
nièrent secrètement.

Pendant la Révolution française, les prêtres fidèles
se réfugièrent en grand nombre en Suisse et célé-
brèrent le saint sacrifice à Genève où, depuis lors, il
n'a pas été interrompu, grâce — après Dieu — à l'illustre M. Vuarin, dont la mémoire est restée en vénération dans la paroisse qu'il a créée au sein même du
protestantisme.

Ce premier curé de Genève depuis la Réforme était originaire de Collonge, joli village qui, à six kilomètres de la ville, s'échelonne sur les flancs du Salève.

Durant la tourmente de Quatre-vingt-treize, il avait fait de la ville de Calvin son quartier général. Il y venait en missionnaire, et quand l'orage déchaîné par le coup d'Etat du 18 Fructidor (4 septembre 1797) se fut un peu calmé, M. Vuarin se joignit à M. Noyer, un saint, et se chargea de pourvoir avec lui aux besoins spirituels des catholiques de Genève.

La tâche n'était pas facile. L'œuvre catholique violemment brisée en 1535 par le décret du 26 décembre, qui expulsait les derniers prêtres restés fidèles, n'avait pour se relever, après trois siècles de persécutions et d'étouffement, aucune ressource matérielle, aucun appui humain. Les difficultés innombrables ne firent pas reculer les deux apôtres : la douceur de l'un, l'énergie de l'autre, s'alliaient merveilleusement pour cette œuvre de restauration. Ils eurent bientôt choisi dans les rues basses et transformé en chapelle un modeste local. Le jour de Noël 1799, les catholiques disséminés dans la ville de Genève, tremblants d'émotion et de joie, en remplissaient l'enceinte de beaucoup trop étroite. Il y eut une véritable affluence et la plupart des fidèles durent stationner dans les corridors, les avenues, sur la place du Molard et dans la rue de la Croix d'or.

Le catholicisme renaissait des ruines amoncelées

par la Réforme et prouvait une fois de plus sa divine vitalité.

Plus tard, en 1803, grâces aux démarches actives et intelligentes de M. Vuarin, l'ancienne église de Saint-Germain fut cédée aux catholiques. Grâce à lui encore, des écoles catholiques, des sœurs de la Charité, des Frères de la Doctrine chrétienne, un hôpital, un orphelinat, se groupèrent peu à peu dans la Rome protestante. Tout cédait devant la pieuse énergie de ce prêtre qui pendant trente-sept ans présida aux destinées du catholicisme à Genève et qui osa caresser un jour le rêve audacieux d'y implanter les Jésuites. Rien ne l'effrayait, parcequ'il croyait tout possible à la volonté et à la persévérance de l'homme, soutenues et appuyées par la puissance de Dieu.

Parfois le conseil d'État s'inquiétait de l'étrange pouvoir du pauvre curé et dans sa mauvaise humeur lui suscitait de mesquines tracasseries.

Un jour, il fit fermer l'école des petits garçons et apposer les scellés sur la porte. Le curé proteste, l'État a outrepassé ses droits : néanmoins il respecta les sceaux de la République ; mais, à côté de la porte condamnée, il en fait ouvrir une autre par laquelle les petits écoliers rentrent triomphants dans leur local accoutumé.

Le règlement scolaire portait que les enfants assisteraient à la messe tous les matins, avant l'ouverture des classes. De là, ils se rendaient à l'école deux à deux,

Sommé par un agent de police de faire rompre
les rangs... (Page 59.)

en bon ordre, sous la surveillance des Frères, comme cela se pratiquait à peu près partout.

Or, le conseil d'État s'avisa un certain jour de prendre ombrage de ces lignes régulières et silencieuses et les fit dissiper par la police. Le lendemain, le défilé eut encore le même sort, mais les enfants qui depuis la veille avaient eu le temps de se concerter, reformaient les rangs dès qu'ils étaient rompus, ce qui obligeait les malheureux gendarmes de courir de la tête à la queue du cortège, sans parvenir à dissiper les petits espiègles que cette guerre inoffensive paraissait amuser beaucoup. La comédie dura une semaine entière à l'hilarité générale. Le dernier jour, le curé prit lui-même la tête de la troupe : sommé par un agent de police de faire rompre les rangs, il se contenta de l'envoyer promener et resta ainsi maître du terrain : ce fut une véritable conquête.

Toujours fort de son droit et toujours en lutte contre les protestants qu'il mettait en déroute avec une surprenante habileté, M. Vuarin fut pour Genève un homme providentiel. Le pape Léon XII, alors régnant, le savait bien : un jour qu'on proposait l'élévation du bon vieillard au cardinalat, Sa Sainteté répondit en souriant : « Laissez-le dans son presbytère ; il m'est plus facile de faire un cardinal qu'un curé de Genève. »

Des prêtres d'un grand mérite avaient recueilli l'héritage de cet indomptable restaurateur du catholicisme dans la ville de Calvin. M. Marilley, après avoir été son vicaire, lui succéda comme curé, mais appelé bientôt après à l'évêché de Lausanne et Genève, il confia la tâche à M. Dunoyer, qui y continuait dignement cette grande œuvre, quand l'abbé Mermillod y arriva en qualité de vicaire.

L'apparition de ce jeune athlète, que sa renommée avait devancé, fit sensation dans le petit cénacle du clergé de la ville ; ce fut un événement et une fête, et l'on put juger dès les premiers jours de sa dévorante activité pour le bien ; il avait pris sa vocation en homme de cœur et s'y donnait tout entier. Sa physionomie, déjà nettement dessinée, avait le cachet qu'elle devait garder toujours. La bonté, affectueuse jusqu'à la tendresse, en était le trait saillant ; il aimait Dieu et les âmes et croyait n'en faire jamais assez ni pour lui, ni pour elles. Aimer ! quel tressaillement ce mot faisait naître en son cœur ; ici rien de vulgaire, rien de terre à terre, rien qui fût de ce monde, mais l'union immatérielle des âmes dans les régions les plus hautes et les plus pures du sacrifice. Ni sa santé chancelante, ni ses nuits dévorées par l'insomnie, ne devaient l'arrêter dans la conquête des intelligences et des cœurs qu'il voulait coûte que coûte jeter dans les bras de l'Église, pour les amener à son divin Maître.

Mais à peine commençait-il à remplir sur le sol natal sa mission providentielle que déjà on pouvait signaler aux confins du monde politique l'orage qui devait bientôt éclater. « L'horizon se charge partout de nuages assez noirs, avait récemment écrit Lacordaire, et si l'été prochain ne répare pas les désastres des deux dernières années, je ne sais en vérité ce que nous deviendrons avec tous les mauvais ferments qui se remarquent partout. La pauvre Europe est bien menacée, et, chose merveilleuse, aucun de ceux qui gouvernent les hommes ne paraît comprendre pourquoi les hommes en sont où ils en sont. Aussi aveugles qu'il y a soixante ans, ils repoussent ou asservissent l'établissement chrétien avec les mêmes préjugés ou la même passion. Ils voient le mal, ils en sont épouvantés ; mais reconnaître que Jésus-Christ est l'unique base de la société est au-dessus de leurs forces. Pauvres gens ! que Dieu leur réserve encore de dures leçons ! »

Tout à coup, au milieu de ces préoccupations générales, des bruits de guerre civile, de guerre religieuse, firent tressaillir la Suisse entière.

Les sept cantons catholiques alliés, s'étant refusés à expulser les Jésuites et à renoncer à leur alliance, les protestants décidèrent l'envoi d'une armée pour les y contraindre par la force. L'armée fédérale, forte de 95,000 hommes, fut placée sous le commandement du général Dufour qui commença la campagne en se dirigeant sur Fribourg. Après un vif combat aux environs de la ville où les Fribourgeois repoussèrent énergiquement les troupes fédérales, le gouvernement crut devoir renoncer à la lutte et conclut une capitulation avec le général Dufour (13 et 14 novembre 1847). Mais au mot de capitulation, les soldats fribourgeois, égarés par la douleur, crièrent à la trahison et dans un désespoir aveugle brisaient leurs armes et déchiraient leurs drapeaux. Cette scène navrante de désolation et de fureur ne céda qu'à l'intervention de l'évêque. Sa mansuétude et l'autorité de sa parole prévinrent les plus grands malheurs, mais c'en était fait, en Suisse, de la Société de Jésus et d'un grand nombre de maisons religieuses. Les autres cantons essayèrent de résister encore et se battirent avec énergie : écrasés par le nombre, ils durent capituler à leur tour et c'est ainsi que se termina, le 28 novembre 1847, la guerre du Sonderbund et avec elle l'alliance des sept cantons catholiques.

Les événements se précipitèrent : le gouvernement de Fribourg renversé, un nouveau régime s'implanta au milieu de la tempête. Les couvents furent supprimés, le séminaire fermé, le clergé tracassé de mille manières, l'évêque mis en prison à Chillon et de là conduit en exil.

Ces tristes nouvelles, qui se succédaient avec une incroyable rapidité, faisaient bondir d'indignation et de douleur tous les cœurs catholiques, mais personne n'en sentit plus vivement la pointe acérée que le jeune vicaire de Saint-Germain. Ainsi initié de bonne heure à la science de la vie et à la science du monde, il comprit que la mission du prêtre pour le bien est sans cesse entravée et qu'il ne peut rien conquérir que par le glaive à deux tranchants de la parole et de l'action.

Il reconnaissait simplement et amoureusement les dons que Dieu lui avait faits ; il s'en réjouit humblement et résolut de s'en servir pour la cause de l'Église. L'exemple de son évêque, dont aucune persécution n'avait amoindri le courage, décupla son énergie. L'heure attendue avait sonné et l'Église, audacieusement menacée par la coalition de toutes les forces ennemies, trouvait dans l'abbé Mermillod un défenseur d'une vigueur merveilleuse. Il se jeta dans la mêlée avec le courage de la jeunesse, le dévoûment du chrétien, la spontanéité d'un polémiste ardent et le talent d'un tacticien consommé. Depuis longtemps d'ailleurs se dessinaient dans sa pensée les premiers linéaments d'une œuvre à laquelle il se sentait appelé ; il avait compris que la Presse pouvait servir l'Apostolat et il voulut demander à la parole écrite ce que ne pouvait pas toujours donner la parole oratoire. Il résolut de fonder un journal tout à la fois catholique et national où l'étude publique des questions qui obsédaient alors les esprits serait discutée devant les masses, où la liberté religieuse serait revendiquée sans trêve et les exactions des gouvernements impitoyablement flétries.

L'*Observateur de Genève* naquit au milieu de la tourmente et prit dès les premiers jours l'allure guerrière du soldat qui défend son drapeau, meurt pour lui, mais ne le déserte jamais. Deux fois par semaine on sonnait la charge et c'était pour appeler toujours à de nouveaux combats ; l'attaque était aussi infatigable que la défense et les vaincus ne se lassaient pas plus de leur défaite que les vainqueurs de leurs victoires. L'ennemi était signalé et poursuivi à outrance, toutes ses ruses déjouées, toutes ses calomnies réfutées.

Ces luttes de la presse révélèrent chez le jeune abbé Mermillod une finesse d'observation et de critique que la mansuétude de son caractère semblait d'abord exclure. Il avait le trait incisif, rapide, toujours juste et étincelant.

Dans des brochures à un sou qui se vendent par milliers, il traite sous une forme légère, seule capable d'atteindre les couches populaires, la question religieuse à l'ordre du jour; il dénonce le poison dont s'abreuvent les gouvernements et les peuples, jette le cri d'alarme et indique le remède. Il prouva en cette circonstance que s'il y a avait en lui beaucoup de saint François de Sales, il y avait plus encore de saint Augustin. L'impétuosité de son style, la vivacité de ses répliques, son genre d'éloquence, sa pénétration, l'intuition qu'il avait des besoins de son époque, sa mémoire prodigieuse rappellent mieux l'évêque d'Hippone que celui de Genève.

Du premier il avait le talent, de l'autre le caractère ; de tous les deux la piété enthousiaste, l'intelligence élevée et l'amour passionné pour la vérité.

A cette même époque ses succès dans la chaire de Saint-Germain furent plus brillants encore. Ses premiers discours avaient excité la curiosité et l'on courut pour voir et entendre le jeune orateur. Les protestants voulaient juger du talent de ce compatriote autour duquel se formait déjà une auréole, et les catholiques, heureux de cette naissante influence, l'écoutaient avec une sorte de pieuse fierté. L'éclat de sa parole avait attiré les foules autour de sa chaire, la profondeur de son enseignement les y ramena, car le charme de la forme ne faisait que rehausser l'utilité du fond. On venait l'entendre des localités voisines et l'annonce d'un sermon de l'abbé Mermillod remplissait l'église. Dès les premiers mots, il prenait possession de son auditoire, l'emportait par toutes les puissances de l'esprit vers les régions supérieures, fascinait son oreille et son cœur par l'élégance et la suavité de sa parole et le laissait, le discours fini, ému, fortifié, instruit. Que de fois ne lui a-t-on pas appliqué ces vers connus :

> Tout fait image en lui, tout prête à l'éloquence,
> Ses gestes, sa parole et même son silence ;
> Ainsi les Grecs charmés environnaient Nestor.
> Il cessait de parler, on l'écoutait encor.

L'ascendant de son talent et plus encore son inaltérable bienveillance à l'égard de ses ennemis, au milieu même des plus vifs combats, contribuèrent dès lors à lui faire prendre une position hors ligne. On le lisait, on l'écoutait, et cette jeune éloquence semblait prédestinée à défendre, dans toutes les grandes questions de son temps, les grands intérêts du peuple et de l'Église.

L'*Observateur de Genève* vécut trois années et fut remplacé par le *Spectateur de Genève* qui, lui, ne vécut qu'un an. Ce temps avait suffi pour engager le combat et ouvrir la tranchée. La lutte fut continuée pendant dix ans sous une forme purement religieuse dans les *Annales catholiques*. Ce recueil mensuel où se retrouvaient tout entiers le sens droit, l'esprit d'à-propos, la science et la grâce de l'abbé journaliste, a été apprécié en quelques mots par un des plus éminents théologiens de l'époque : « J'ai trouvé, écrit le Père Perronne, ce journal plein d'esprit catholique, très opportun pour nos mauvais temps, savant, spirituel et profond. »

Un autre ministère plus humble, plus silencieux et partant plus généreux encore, attirait aussi l'attention du jeune vicaire. Nul ne sait, dans les centres catholiques, quelle est la propagande employée, dans les cités mixtes, par les protestants pour gagner à l'erreur les pauvres gens qui manquent de pain. On cherche à acheter à prix d'argent la foi de leur jeunesse ; on les circonvient, on les aide, on obtient d'eux, à force de promesses et de séductions, qu'ils envoient aux écoles protestantes leurs petits enfants.

C'était plus qu'il ne fallait pour éveiller la susceptibilité catholique de l'abbé Mermillod et faire souffrir son cœur de prêtre. Il veut aussitôt réagir contre cette

« traite des consciences » et se mettant à l'œuvre sous la direction de son digne curé, M. Dunoyer, il eut bientôt donné aux sociétés de Saint-Vincent de Paul et des dames de la Charité une impulsion nouvelle.

Pour lui rien n'était plus sacré que le respect du pauvre et de sa liberté parce qu'il voyait en sa personne Notre-Seigneur lui-même.

« Le pauvre, s'écriait-il un jour, le pauvre, c'est Jésus-Christ! A travers les haillons du pauvre abandonné, à travers la misère de la petite fille délaissée, à travers les souffrances de l'incurable, du misérable, vous devez toujours regarder Jésus-Christ. »

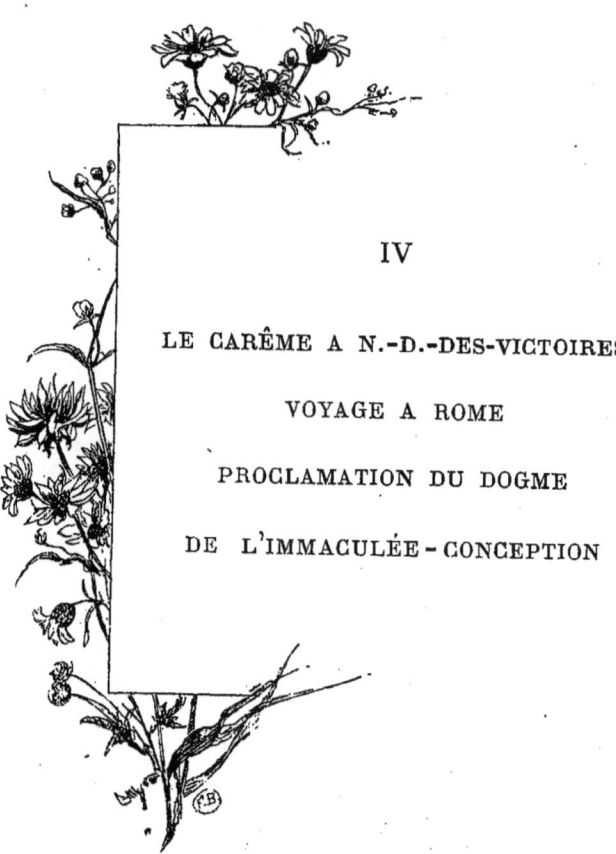

IV

LE CARÊME A N.-D.-DES-VICTOIRES

VOYAGE A ROME

PROCLAMATION DU DOGME

DE L'IMMACULÉE-CONCEPTION

CHAPITRE IV

LE CARÊME A NOTRE-DAME-DES-VICTOIRES, A PARIS
VOYAGE A ROME
PROCLAMATION DU DOGME DE L'IMMACULÉE-CONCEPTION

C'ÉTAIT le jour des morts 1850 : le Grand Conseil génevois ratifiait la concession d'un terrain pour la construction d'une église catholique. Le rêve caressé par l'héroïque M. Vuarin allait être réalisé par son successeur à la cure de Genève, M. Dunoyer, et cela dans des circonstances aussi touchantes qu'imprévues. Sur les anciens remparts, Notre-Dame-de-Genève devait bientôt s'élever vers le ciel pour demander la conversion de la ville protestante.

L'autorisation obtenue, le terrain concédé, il n'y

avait plus qu'à se mettre à l'œuvre; mais l'argent manquait et la charité chrétienne seule devait pourvoir à tous les besoins.

Le curé et son jeune vicaire n'hésitent pas; ils partent tous deux et vont à Paris solliciter l'aumône catholique. Ils savent qu'en France la générosité est traditionnelle et ils arrivent confiants dans la grandeur et la sainteté de leur projet. Le travail fut long, pénible, mais fructueux. Un soir qu'ils se trouvaient dans les salons de l'archevêque, Mgr Sibour, on annonça M. Desgenettes, le vénérable curé de Notre-Dame-des-Victoires. Le saint vieillard, dont les cheveux blancs encadraient un des types les plus parfaits du sarcerdoce catholique, venait exposer à son archevêque l'embarras où il se trouvait au sujet de la station de carême dans sa chère paroisse. Le prédicateur qui s'en était chargé se trouvait subitement empêché et M. Desgenettes ne savait comment se procurer un remplaçant.

La situation était embarrassante, en effet, et Mgr Sibour resta un instant pensif. Soudain une illumination traverse sa pensée : « Ne vous désolez pas, monsieur le curé, dit-il; voilà celui qui peut vous sauver dans votre détresse. » Et son fin sourire désignait l'abbé Mermillod.

Celui-ci se demande si le prélat a parlé sérieusement et proteste de son impuissance à prêcher tout un carême sans préparation : « Ne craignez rien, répond

La procession des Evêques et des Cardinaux précédant
le Souverain-Pontife. (Page 79.)

doucement M. Desgenettes, la Sainte Vierge fera un miracle. »

Mais le jeune prêtre n'est pas convaincu; il se retranche dans son humilité et veut refuser encore. Le prélat insiste, le vieillard supplie, et le *frère quêteur*, venu à Paris, le bâton du pèlerin d'une main et la sébile du mendiant de l'autre, consent à distribuer aux âmes les trésors de la parole chrétienne.

Avant de monter en chaire il demanda et obtint l'autorisation et la bénédiction de son évêque, Mgr Marilley; puis il prêcha la station entière avec un succès toujours grandissant, décisif pour la direction de sa vie. Cette épreuve avait révélé les desseins de la Providence : l'abbé Mermillod était évidemment appelé à l'évangélisation des peuples. C'était un prêcheur, un convertisseur d'âmes, un apologiste de la foi chrétienne. Depuis ce jour il commença réellement sa vie d'apôtre et put s'approprier cette devise de saint Vincent de Paul : « Un prêtre de Jésus-Christ ne doit se reposer jamais. »

Jamais depuis cette heure, en effet, il n'y eut trêve ni repos pour l'abbé Mermillod. Sans ravir à son cher pays une seule des pensées de son cœur, il parcourt tous les chemins de l'Europe, se prodiguant partout avec un égal dévouement et un égal amour, poursuivant sans relâche l'œuvre de Notre-Dame de Genève.

En 1851, il revient à Paris prêcher le Carême en l'église de Saint-Thomas-d'Aquin.

C'est alors qu'il fit la connaissance du Cardinal-
Archevêque de Reims, de M. de Montalembert, du Père
Lacordaire et d'un grand nombre d'hommes d'élite.
« C'est une vie de mouvement, d'agitation dont rien ne
peut donner l'idée, s'écrit-il ; nos jours se passent dans
des courses continuelles ; j'espère que Dieu bénira nos
fatigues. N'ayez aucun souci de moi, comptez que je
suis sous sa garde et que je travaille pour Lui. »

En 1852, nous le trouvons prêchant à Turin en présence de Victor-Emmanuel et de sa cour.

Ensuite, c'est à Marseille, à Rouen, à Toulouse, à
Besançon, à Dijon qu'il va annoncer aux hommes du
monde la parole de Dieu. A Orléans, à Limoges, à Aix,
à Belley, au Mans, à Autun, à Nantes, à Grenoble, à
Troyes, il prêchera des retraites ecclésiastiques. C'est
à Poitiers qu'il avait débuté dans ce genre d'apostolat.
« Ce sera, disait l'évêque de cette ville, un sujet de
fierté pour le clergé poitevin d'avoir eu les prémices
de son ministère de retraites pastorales. Ce ministère
de sa parole sera désormais recherché de toute part,
si de plus grands services à rendre à l'Église ne
viennent pas y mettre un terme prématuré. » Mgr Pie
prévoyait que la couronne de l'épiscopat ne tarderait
pas à orner le front « du jeune et éloquent apôtre. »

Partout sa parole jaillit lumineuse et forte, entraînante, pleine de poésie, de feu et de tendresse. La
pensée revêtue d'un coloris nouveau rappelle ces
teintes de rose et d'azur qui enveloppent les mon-

tagnes du Liban et deviennent tour à tour plus vives, plus denses ou plus cristallines, selon qu'elles couronnent les cimes aériennes ou qu'elles éclairent l'enfoncement des vallées. « Doué d'un extérieur qui gagne tout d'abord l'auditoire, — écrit un jour un de ses concitoyens qu'avait séduit cette figure d'apôtre, — il a un son de voix qui répond à cette première impression, et va aux fibres secrètes du cœur. Ce timbre un peu voilé, mais qui dans l'action prend de l'ampleur et de la sonorité, est celui qu'il faut à ces pensées douces, mystérieuses, et parfois à ces jets de lumière, à ces éclosions soudaines d'idées, à ces élancements de l'âme. Son geste mesuré ou rapide, sobre ou impétueux, qui semble se promener sur le clavier des passions depuis la maladie et la tendresse jusqu'à l'enthousiasme ou à l'indignation et parfois au dédain ; son geste expressif sculpte toujours son idée ou ses sentiments, tant ils jaillissent de sa nature elle-même et sont attachés au fond de son être. Il possède à un degré exceptionnel, ajoute l'écrivain, trois choses qui font un orateur de premier ordre : la clarté de la pensée, la puissance de la parole et le feu du sentiment. »

C'était saint François de Sales, « son saint et son père », continuant, dans un de ses enfants, sa vie apostolique et son amour des âmes.

Mais la nature devait s'affaisser sous le poids du travail ; M. l'abbé Mermillod tomba malade et les méde-

cins, craignant une grave affection du larynx, ordon-
nèrent le repos et conseillèrent le climat de l'Italie.

Le cœur du prêtre, qui souffrait à la pensée de l'inac-
tion, se consola par la perspective de visiter Rome,
« cette ville des grandes promesses et des saints souvenirs. » On se figure aisément ce qu'il dut éprouver en
arrivant pour la première fois dans la Ville éternelle.
Comme tant d'autres voyageurs, il fut frappé par la
majestueuse mélancolie de ses ruines qui racontent
si éloquemment les gloires du passé et mille fois mieux
encore le néant de ces gloires. Mais à ces ruines amoncelées se mêlent du lierre, des cyprès et des lauriers :
les lauriers sans doute ont échappé au passé, les
cyprès pleurent le présent et le lierre qui s'enroule autour des tombeaux nous apprend que la moindre des
œuvres de Dieu a plus de vitalité et d'avenir que les
édifices élevés par l'orgueil les hommes. Aussi bien
n'était-ce pas la Rome païenne, la Rome morte qu'était
venu chercher l'abbé Mermillod, mais bien la Rome
chrétienne « qui se rajeunit toujours sans perdre jamais la fleur auguste et suave de son antiquité. » A
cette époque, les discussions sur le dogme de l'Immaculée Conception y attiraient l'épiscopat de l'Eglise universelle. Cent quatre-vingt-douze évêques, venus de
tous les pays du monde, se groupaient autour de
Pie IX et demandaient avec instance la définition doctrinale de cette antique croyance. Les derniers débats
furent clos par cette parole des prélats assemblés : *Petre*,

doce nos ; confirma fratres tuos ! Pierre, enseigne-nous ; confirme tes frères ; et le 8 décembre 1854 fut le grand jour triomphal « qui couronna l'attente des siècles passés. »

Rome entière était dans la joie. Une immense multitude de toutes langues se pressait aux abords de la basilique de Saint-Pierre trop étroite pour contenir tant de monde. L'abbé Mermillod assista à toutes les cérémonies de la proclamation du dogme et la lumière des cent mille cierges qui embrasaient l'enceinte sacrée était moins vive que les jets de clartés mystérieuses qui illuminaient son cœur et le transportaient dans la région des esprits.

La procession des évêques et des cardinaux précédant le Souverain Pontife défila pendant le chant des litanies des saints, puis la messe pontificale commença et après l'évangile toutes les voix s'unirent pour chanter le *Veni Creator.* Quand le chant eut cessé, le Pape Pie IX, debout, commença au milieu du silence général la lecture de la bulle et, lorsqu'il l'eut achevée, le fort Saint-Ange, et toutes les cloches de la Ville éternelle annoncèrent au monde la glorification de Marie Immaculée.

Dans la soirée de délicieux orchestres se firent entendre dans les rues de Rome illuminée. Le même jour, à la même heure, toutes les cités petites et grandes, tous les villages et les hameaux de l'univers catholique se couronnèrent à son exemple de guirlandes et de lumières et firent éclater leur pieux enthousiasme.

L'abbé Mermillod, perdu dans la foule des prêtres et des fidèles qui se pressaient dans la ville des papes, fut, plus que tout autre, impressionné par le spectacle grandiose de cette solennité.

« Les fêtes que Rome a fait voir au monde, écrivait-il, sont une révélation de sa vie et je répète avec orgueil ce mot de Bossuet : « Non, Rome n'est pas épuisée , l'âge n'a pas affaibli sa voix ; c'est encore et toujours le centre de la chrétienté, l'honneur des nations. Rome est la reine du monde par la vérité et par la charité ; les peuples qui se sont soustraits à son aimable et divine autorité se perdent dans l'anarchie des âmes, la décadence de la doctrine, l'esclavage de l'esprit. Dans cette fête qui a passé si vite, j'ai reconnu le triple caractère de l'unité, de la durée et de l'universalité qui est propre à l'Eglise de Jésus-Christ. Tous les temps jusqu'à nos jours ont apporté à cette définition dogmatique leurs recherches historiques et leur témoignage scientifique et les peuples se soumettent à cette décision par la voix de leurs évêques. La proclamation s'en est faite par la voix d'un homme qui la propose à l'acceptation du monde parce qu'il l'a puisée dans la tradition comme venant de Dieu même.

« Qu'il est doux d'être catholique ! Ayons pitié des âmes qui sont hors de l'Eglise, prions pour elles ; de

tristes préjugés les éloignent encore de l'Église universelle et les privent déjà ici-bas de la paix de l'esprit et
des meilleures joies du cœur. »

Le jeune prêtre, malgré sa modestie, n'était pas de
ceux qui restent longtemps inconnus ; un succès que
certes il n'était pas venu chercher l'attendait dans la
ville pontificale. Un discours de Mgr Dupanloup
était annoncé à Saint-André della Valle ; des évêques,
des cardinaux, des ambassadeurs de tous pays étaient
venus entendre l'éloquent orateur. Au lieu du prélat,
empêché, un jeune prêtre se présente et, par son attitude, captive aussitôt l'assemblée. La curiosité s'ajoute
à l'intérêt ; on se demande quel est ce jeune homme
qui affronte ainsi, sans émotion apparente, le périlleux
honneur de paraître, sans y être attendu, devant le
brillant auditoire. Mais dès les premiers mots tom-
bés de ses lèvres les auditeurs sont électrisés et, quand
il descend de la chaire, un éminent magistrat français
le suit à la sacristie, le félicite, l'embrasse et noue dès
ce moment avec lui la plus constante et la plus sincère amitié.

Ce même sermon détermina la conversion au catholicisme d'une femme d'un grand nom, aussi remarquable par les qualités de l'esprit et du cœur que par
les dons de la fortune.

Comme un autre orateur illustre, l'abbé Mermillod
voyait naître au pied de sa chaire « ces affections et ces
reconnaissances qui attachent l'homme à l'apôtre et

6

dont la douceur est aussi divine que la force »
comme lui il pouvait dire : « Je n'ai pas connu toutes
ces âmes rattachées à la mienne par le souvenir de la
lumière retrouvée ou agrandie ; tous les jours il m'en
revient des témoignages dont la vivacité m'étonne et
je suis semblable au voyageur du désert à qui une amitié inconnue envoie dans un vase obscur la goutte
d'eau qui doit le rafraîchir. Quand une fois on a été
initié à ces jouissances, qui sont comme un arome
anticipé de l'autre vie, tout le reste s'évanouit ; et l'orgueil ne monte plus à l'esprit que comme un souffle
impur dont le goût amer ne peut le tromper. »

Les succès de la prédication ne faisaient pas négliger
au prêtre genevois l'étude de cabinet. Il continuait la
lutte dans les *Annales* et préparait avec une piété
attendrie un ouvrage sur la *perpétuelle virginité de la
Mère du Sauveur*. C'est de ce volume que M. Foisset
écrivait : « Ce qui nous a frappé surtout dans ce petit
livre fait si vite, au milieu de la vie la plus disputée
par le bien qu'il soit possible de concevoir, c'est l'onction, c'est l'épanouissement contenu d'une âme sereine
et éloquente. »

Cette éloquence naturelle, jaillissante ne faisait jamais défaut à l'abbé Mermillod. Qu'il parle ou qu'il
écrive, il laisse tomber de son cœur des paroles
émues, d'une beauté simple, élevée, pénétrante. C'était
toujours le cri d'une âme « qui sent, aime et croit. »

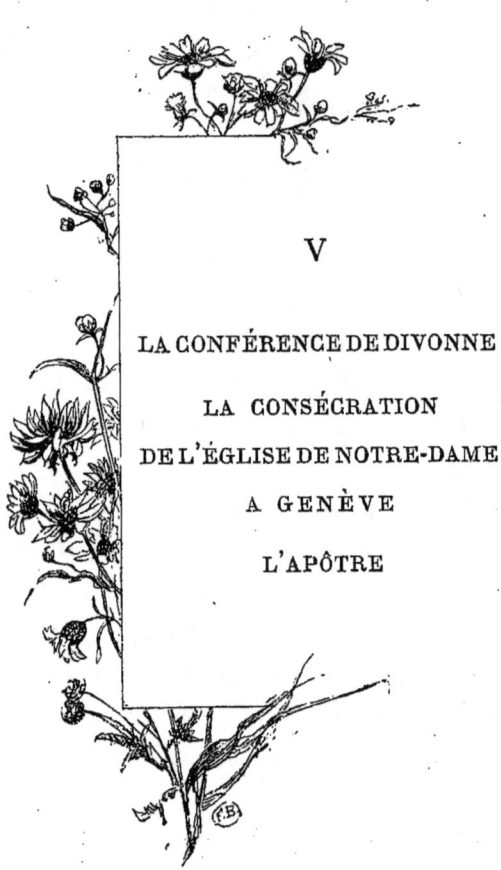

V

LA CONFÉRENCE DE DIVONNE

LA CONSÉCRATION
DE L'ÉGLISE DE NOTRE-DAME
A GENÈVE

L'APÔTRE

CHAPITRE V

LA CONFÉRENCE DE DIVONNE. — LA CONSÉCRATION DE
L'ÉGLISE DE NOTRE-DAME A GENÈVE. — L'APOTRE.

E 2 septembre 1856, il était question, dans tout le pays de Gex, d'une conférence religieuse publiquement tenue à Divonne, ce jour-là même, entre quatre prêtres catholiques et quatre pasteurs protestants.

Le curé de Ferney, celui de Divonne, l'aumônier des prisons et l'abbé Mermillod exposaient la doctrine chrétienne au sujet de l'autorité, interprétant la parole de Dieu écrite et traditionnelle. Des ministres venus de Genève et de Valence défendaient l'opinion protestante du libre examen.

La discussion promettait d'être intéressante : le choix des hommes et du sujet avait piqué la curiosité et plusieurs personnes étrangères amenées par la saison des bains, assistèrent à la séance. Après six heures de débats, elle se termina par le triomphe éclatant de la doctrine catholique. Entre tous, l'abbé Mermillod l'avait interprétée et expliquée avec un tact et un talent au-dessus de tout éloge.

« Je suis sorti de cette conférence, écrivait le maire de Divonne à l'un de ses amis, heureux et fier d'être catholique et ma foi eût été affermie, si elle avait eu besoin de l'être, en voyant les misérables arguties protestantes, quoique présentées avec habileté, devant la solidité des raisons qui établissent la foi catholique. »

Cet événement rappelle la conférence qu'en 1609 saint François de Sales avait, lui aussi, proposée aux ministres protestants de Genève dans le bailliage de Gex. Cette discussion publique provoqua un grand nombre de conversions et rendit aux catholiques huit églises paroissiales dont les huguenots s'étaient emparés.

Les succès de l'abbé Mermillod allaient être du même genre. Grâce à son zèle, la vieille et calviniste Genève voyait s'élever dans les murs la belle église de Notre-Dame. « Ce monument de l'art gothique, le plus correct et le plus achevé qui se soit bâti dans notre siècle, » n'attendait plus que la consécration. Le 4 octobre 1857 fut fixé pour la solennité et tous les catholiques se pressèrent ce jour-là dans le nouvel édifice.

« C'est M. Dunoyer, curé de Genève, qui a célébré le saint sacrifice, écrit un témoin ; il avait été à la peine, il était bien juste qu'il fût à l'honneur. M. Mermillod est monté en chaire ; sa vaste renommée a laissé peu à dire sur le compte de ce brillant orateur. C'est toujours ce cœur chaud, cette âme et cette voix sympathiques que la France connaît et qu'elle envie à Genève. Son discours n'a été qu'un élan d'enthousiasme : ce que c'est qu'une Eglise et ce qu'est en particulier l'Eglise de Genève, un acte de foi, un acte d'espérance, un acte de charité, de liberté, de nationalité ; il nous l'a dit avec une émotion, avec un élan, avec une chaleur tellement communicative qu'il n'y avait bien réellement dans l'assemblée qu'un cœur et qu'une âme, puisque l'âme tout entière de l'orateur avait passé dans celle des auditeurs. »

« Nous voulons notre part d'air et de lumière au soleil, s'était écrié l'orateur, nous avons par nos seuls efforts accompli un grand acte que vous saurez respecter.

« Si jamais le vent de la persécution soufflait un jour ; si de nouvelles oppressions voulaient nous spolier encore, si d'injustes oppresseurs voulaient nous exclure du droit commun, si une nouvelle intolérance tentait d'enlever à ces murailles un infime fragment, de ravir à ces colonnes ne fût-ce qu'un grain de sable, songez que ce grain de sable ne tomberait pas à terre sans rebondir jusqu'à vos fronts pour les stigmatiser ; jus-

qu'au drapeau de la liberté pour le flétrir : c'est la
gloire de Genève que vous auriez souillée, c'est sa liberté qui tomberait sous vos coups vaincue et desho-
norée !... »

A ces dernières paroles, l'auditoire saisi par une
indescriptible émotion fut près de laisser éclater une
de ces manifestations que le respect du saint lieu peut
seul contenir.

Le prédicateur a vu ce mouvement : « Vous faites
écho à mes paroles, reprend-il, je vous remercie de ce
sympathique frémissement ; il prouve que je puis
placer ce monument sous la garde des hommes de
cœur, et j'espère qu'il y en aura toujours à Genève.
L'étranger qui de loin verra resplendir le clocher de
Notre-Dame dira avec enthousiasme : Je vais dans un
pays libre, dans une cité qui respecte les droits
sacrés de le conscience catholique. »

Nommé recteur de la paroisse de Notre-Dame, l'abbé
Mermillod s'efforça de grouper autour du nouveau
sanctuaire toutes les œuvres habituelles au zèle et à
la charité catholique : des écoles pour les enfants, des
asiles pour les vieillards, des congrégations pieuses
qui réunissent et préservent la jeunesse. Son amour
pour les âmes veut tout entreprendre et tout germe,
tout s'épanouit au soleil de la charité. Sans ressource
aucune, rien ne manque à ses œuvres : l'Europe donne
sans compter à l'apôtre de Genève et le regard de Dieu
centuple les aumônes qui passent par sa main.

L'abbé Mermillod la reçut avec émotion. (Page 92.)

Ces grands actes achevés, il repart pour Rome, appelé par la colonie française qui se réunissait dans l'église de Saint-Louis-des-Français, pour y suivre les exercices de l'Avent 1859.

Il se mit en route le 7 novembre, chargé d'une adresse du clergé de Genève pour le Souverain-Pontife, et salua en passant à Gênes le vénérable évêque, Mgr Charvoz, qui le reçut avec bienveillance et lui garda depuis la plus sincère amitié.

Arrivé à Rome, le pèlerin obtint aussitôt de Pie IX une première audience ; une seconde entrevue lui fut accordée le 28 décembre. C'était précisément l'époque « où un augure masqué vint écrire à l'avance la destinée réservée à la Papauté et disperser, par la brochure *Le pape et le congrès,* le congrès avant même qu'il fût réuni. »

Pie IX venait d'achever la lecture de l'opuscule, quand le recteur de Notre-Dame eut l'honneur d'être admis à son audience. Il trouva le Pape sous l'impression pénible que lui avait causée cette lecture. « Son âme triste et sereine, raconte le visiteur, révélait ses angoisses et sa fermeté ; expansif, même avec le plus humble de ses enfants, il me disait : «Comment un Congrès est-il possible avec cette brochure ? d'ailleurs à cet aréopage il faudrait un saint Paul pour leur prêcher *le Dieu inconnu.* — Très Saint Père, m'écriai-je, vous êtes Pierre et Paul ; dites-leur d'adresser à Dieu la prière : *Domine fac ut videam.* — Mon fils,

répondit-il, *oculos habent et non videbunt*. Ah ! si j'étais
Pierre et que j'eusse le pouvoir de frapper de mort
ceux qui me mentent, comme Pierre le fit pour Saphire
et Ananie, de souverains et de diplomates je n'aurais
qu'un cimetière autour de moi. »

L'amitié de Pie IX pour le jeune prêtre avait dès lors
quelque chose de tendre et de paternel ; il voulut un
jour la lui témoigner par un don digne de son cœur et
de sa piété et lui donna une statue de la Vierge immaculée qui, depuis six ans, ornait la bibliothèque particulière du Pontife et devant laquelle il avait aimé à
prier et à pleurer.

L'abbé Mermillod la reçut avec émotion et y posa
pieusement les lèvres : c'était tout à la fois un don
magnifique et une relique précieuse.

Sortie des ateliers de Rome, cette statue est plus
particulièrement l'œuvre d'un des élèves de Tenerani,
qui se nomme Forsani. Elle fut offerte au Saint-Père
par les artistes romains au moment de la promulgation
du dogme. Debout, la lune sous les pieds, écrasant
le serpent, le vierge est représenteé sous les traits d'une
jeune fille aux formes sveltes et gracieuses. L'œuvre
n'est ni grecque, ni gothique, c'est une charmante
statue moderne, où viennent se confondre, dans un
sentiment éclectique fort louable, et la recherche sa-
vante de la beauté, et la suavité d'un sentiment chaste
et pieux.

La Vierge de Pie IX vint orner la chapelle de Marie

dans l'église de Notre-Dame de Genève, mais le missionnaire dut bientôt s'arracher à la douceur de répandre son âme aux pieds de la Madone, pour aller porter ailleurs la parole divine. Ce prêtre venu de la Rome protestante était appelé à évangéliser tour à tour les grands centres catholiques, à y attaquer tous les désordres, à y prêter son appui à toutes les douleurs.

On était en 1862 : l'Irlande souffrait. La faim et la misère décimaient ce pays qu'aucune torture n'avait pu arracher à l'Eglise de Jésus-Christ. L'abbé Mermillod le sait ; il monte en chaire dans l'église de Sainte-Clotilde à Paris et prend pour texte de son discours cette parole de Jésus : « J'ai pitié de cette foule, car voici trois jours qu'ils me suivent et ils n'ont pas de quoi manger. »

Cette foule, ce jour-là, c'était la malheureuse Irlande mourant de faim.

« Au moment où je vous parle, disait l'orateur, au-delà des flots agités de l'Océan, la misère écrase environ quatre-vingt mille hommes, vos frères et les miens, et les oblige à vous tendre la main pour échapper à la mort.

« Pour les autres peuples le temps a marché et semble avoir rendu impossible le retour de semblables fléaux ; et en Irlande, en 1862, sous l'un des gouvernements les plus éclairés et les plus libéraux, des créatures humaines ne retardent la suprême agonie de la faim qu'en prenant du sel bouilli dans de l'eau ou en allant cueillir pour la dévorer l'algue marine, quand les flots de l'Océan se sont retirés ! »

Et l'orateur énumère les douleurs de l'Irlande : « la pauvreté qui accable et qui tue ; le foyer en ruine, la famille dispersée, la patrie perdue, les droits de l'honneur et parfois de la conscience en péril. »

« Souvent une nation s'exprime par un fait, poursuit-il, comme un peuple s'incarne dans un homme.

» Pour la nation irlandaise, ce fait, le voici :

» Un pauvre fermier, père de famille, en prison pour dettes, a vu s'ouvrir les portes de son cachot par la main cruellement bienfaisante du lord son créancier, à la condition qu'il votera contre O'Connell. Ce vote donné par faiblesse était pour lui la liberté, le pain du jour, la famille retrouvée ; il s'avance d'un pas inquiet, le front assombri, les larmes aux yeux ; sa main hésite, son cœur voit d'un côté la misère, ses enfants en pleurs, et de l'autre l'Irlande, sa vieille patrie en souffrance. L'amour paternel allait sacrifier l'amour du pays. Mais tout à coup, une femme amaigrie, fatiguée, se précipite sur ses pas et lui crie à l'instant où il va jeter dans l'urne une voix contre le libérateur : « Malheureux, que fais-tu ? Souviens-toi de ton âme et de la liberté ! » Cette femme sublime, c'est la femme de ce malheureux Irlandais. A cet accent magnanime, il brise son cœur de père et d'époux, et d'une main fière il vote pour O'Connell. Tranquille, il reprend le chemin de sa prison ; l'âme de l'Irlandais se sent libre sous les chaînes de sa captivité. Cette chrétienne héroïque est la sublime personnification de l'Irlande catholique qui, par une féconde alliance de sa foi et de son patriotisme, sacrifie tout à Dieu, à la religion, à la patrie. Plus que jamais il importe de redire cette parole admirable de courage ; à cette heure où les consciences se tarifient, où les âmes deviennent vénales, où la force a ses triomphes, où les caractères et les peuples ont l'opprobre d'obéir au succès ; à l'heure de ces abaissements indignes, oui, il faut le dire et le redire encore : la vérité seule rend libre ; ce qui maintient debout, en face de toutes les faiblesses, de toutes les lâchetés, de tous les énervements, l'indépendance de l'homme et sa grandeur, c'est la sainte Eglise catholique. Cette femme immortelle répète à tous, princes et peuples, âmes et nations, ce mot : Souviens-toi de ton âme et de la liberté.

» Voulez-vous que je vous dénonce les premières puissances de notre époque, les deux plus illustres riches ? Saluez-les de votre foi et de votre cœur ; c'est un prince dépouillé, c'est un peuple en haillons : Pie IX qui vous tend sa main royale, et l'Irlande qui vous demande du pain ! Tous deux malgré leur pauvreté, riches des biens suprêmes, ils gardent Jésus-Christ et le donnent au monde. »

Le patriotisme de ce peuple malheureux n'aurait pu trouver un cœur plus capable de le comprendre, une

voix plus digne de la peindre. « Ce sentiment patrio-
tique, continuait l'orateur, c'est plus qu'une idée, c'est
l'atmosphère dans laquelle a été bercée l'enfance irlandaise. »

« Ce pur et ardent patriotisme est gardé par la
femme et béni par le prêtre. Au milieu de ses joies,
lorsqu'elle a ses vêtements de fête, la jeune Irlandaise
porte inscrite sur ses anneaux, à l'écusson de ses bracelets, la touchante devise dans la vieille langue maternelle : Erin ma Vournin ! Erin go Bragh ! Ma chère
Irlande ! Ma chère Irlande ! » Et le prêtre, après Dieu,
donne dans son âme la première place à son pays. Si
vous regardez son cachet, c'est la harpe brisée de l'Irlande, et pour devise ces mots ! Elle ne retentit plus ! »

Mais ce qui fait tressaillir de douleur et d'indignation l'apôtre de l'Eglise sainte, c'est qu'aux tortures de
la faim, aux amertumes de l'exil, la misère vient ajouter,
en Irlande, le danger de l'exploitation sectaire.

« Quatorze sociétés protestantes dépensent annuellement des millions pour inonder le pays de traités anti-
catholiques, pour entretenir une armée de prédicants
populaires, trop souvent même pour solliciter à prix
d'argent l'envoi des enfants dans les écoles protestantes.

» La religion, ce lien sacré qui unit la conscience
à Dieu, qui est le résultat d'une conviction sérieuse, le
fruit de la persuasion et de la grâce, cette oasis où
l'homme s'abrite contre ses tristesses, trouve de l'éner-

gie contre ses défaillances, espère le pardon de ses
fautes ; la foi, ce tabernacle inviolable et inaccessible
aux motifs humains, ces grandes choses que Dieu a
daigné nous donner pour nous conduire et nous fortifier, s'abaissent à n'être plus qu'une marchandise dont
on dispose à son gré. »

« Laissez-moi le proclamer bien haut, je vous le
déclare en face des saints autels, devant cette grande
assemblée, sous le regard de Dieu et de ses anges, si
jamais, je ne dis pas un pontife, je ne dis pas un prêtre
mais un simple fidèle, se livrait à cette ignoble propagande qui fait du riche un spéculateur religieux sur la
misère du pauvre, si jamais un catholique osait aller
dans la demeure du pauvre et tenter son âme par
d'aussi vils moyens, qu'il soit à jamais flétri devant
la foi, devant l'honneur et devant la conscience publique.

« Le prêtre qui protégerait de semblables tentatives
verrait son sacerdoce à jamais déshonoré, car l'Eglise,
cette sainte gardienne de la liberté des âmes, défend
ce trafic spirituel et proteste contre ce marché et cette
traite des consciences ! »

Ce discours provoqua des scènes indescriptibles d'é-
motion et de charitables élans. Des bijoux, des bagues,
des bracelets, se mêlent aux pièces d'or dans la bourse
des quêteuses. Un pauvre ouvrier y jette sa montre en
disant : « On n'a pas besoin de savoir l'heure quand
un peuple meurt de faim. » Un jeune étudiant pénètre

7

dans la sacristie et remet en tremblant au prédicateur quarante francs qui composent toute sa richesse.

Dans cette même église de sainte Clotilde, l'abbé Mermillod revint l'année suivante parler en faveur des pauvres malades polonais. « N'oubliez pas, disait-il aux fils de ce pays malheureux, que vous attendez une Jeanne d'Arc ; cette libératrice, je la connais, vous la connaissez comme moi ; il n'y en a qu'une pour vous : c'est la sainte Eglise catholique ! »

Toutes les infortunes, toutes les tristesses trouvaient un écho dans son cœur et il en redisait les accents avec une émotion palpitante.

Désormais la voix de l'apôtre ne se taira plus : Lyon, Poitiers, Paris, Tours, Amiens, Toulon, Nantes, Besançon entendent de nouveau sa parole inspirée. Et quand il revient à Genève c'est pour prêcher encore au sein des éléments les plus disparates, devant les auditoires les plus variés ; car Genève, véritable caravansérail, présente à la mission du prêtre les contrastes les plus imprévus et le transporte souvent dans les milieux les plus étranges.

Le recteur de Notre-Dame reçut un jour la visite d'une actrice de passage à Genève qui désirait faire faire à sa petite fille sa première communion. « Je lui répondis, raconte-t-il, que la chose était bien simple, mais à la condition qu'elle n'irait jamais au théâtre, et qu'elle serait sérieusement instruite et préparée. Après quelques mots échangés je lui promis d'aller la voir. Quelques jours s'étaient écoulés, sans que je me fusse souvenu de l'engagement pris, lorsque, passant dans une rue où elle habitait, je frappe à sa porte. Ma visite était espérée, à tel point que le domestique, bien que l'on fût à table, insista pour que je montasse ; on m'introduisit dans la pièce même où tout le personnel du théâtre était à dîner. Je balbutiai quelques paroles d'excuses, me disposant à me retirer ; mais on insista et je dus prendre mon parti. On m'offrit un siège et même un couvert. Je me résignai à m'asseoir sans toutefois aller plus loin...

» La conversation fut bientôt engagée, et je vous laisse à penser si la situation était nouvelle pour une pareille société. Habitués à donner des spectacles, les acteurs étaient charmés d'en avoir un ; tout à coup la petite fille, véritable enfant terrible, s'approcha de moi et me dit qu'il y avait là, dans le fond, une dame qui désirait vivement me parler, mais qui n'osait pas. C'était une jeune actrice de vingt-cinq ans, qui, interdite de se trouver ainsi brusquement mise en scène, ne trouva d'autre ressource que de rejeter la conversation sur la petite fille, disant qu'elle assisterait volontiers à sa première communion. « Rien n'empêche, lui répondis-je, et il y aurait peut-être mieux à faire, ce serait de vous joindre à elle... — Vraiment, monsieur ! reprit-elle, mais je suis excommuniée... — Soit, mais enfin il y a remède à tout, et vous n'êtes pas sans

doute une ex-confessée? » Ces paroles, jetées au milieu
d'une réunion de ce genre, y firent l'effet d'une bombe,
et les rires et les bons mots de pleuvoir.

« — Je vous ferais volontiers un sermon sur la confession, repris-je ; je pourrais vous dire que, dans ce
monde, ce qui fait agir le plus souvent, ce sont les
applaudissements de ceux qui nous entourent. Ainsi
vous, par exemple, ce sont les acclamations de la salle
qui vous font dévorer bien des ennuis sans doute ;
mais nous, nous n'avons pas cette ressource, il s'en
faut du tout au tout. Il faut donc qu'il y ait quelque autre mobile qui nous fasse agir, et ce mobile est
d'une autre nature, supérieure aux choses de ce
monde. »

« Je n'étais moi-même que fort médiocrement satisfait de cette démonstration, lorsque, jetant les yeux
du côté de la fenêtre, j'aperçus un bateau à vapeur qui
remontait le fleuve. « Tenez, leur dis-je, vous com-
prendrez peut-être mieux ce que c'est que la confession par la comparaison que je vais vous faire... Vous
voyez ce bateau qui passe ; ce qui le fait aller, c'est la
vapeur contenue dans la chaudière. Or cette chaudière
est exposée à éclater lorsque la pression de la vapeur
est trop forte, et, pour prévenir les affreux accidents
qui en résultent, on a soin de se munir d'une soupape,
que l'on appelle soupape de sûreté. Eh bien ! le cœur
humain est aussi une chaudière, et elle est soumise à
la double pression des fautes et des chagrins, et, de

temps à autre, d'épouvantables explosions en résultent,
si la soupape de sûreté ne s'ouvre à temps ; or, ici,
cette soupape, c'est la confession... Oui, lorsque le
cœur de l'homme est oppressé outre mesure par le
remords ou la souffrance, la seule alternative qui lui
reste est celle de la confession ou du suicide... » On
avait écouté avec attention ces dernières paroles. Je
pris aussitôt congé de la réunion ; mais comme je me
retirais, la jeune actrice, qui s'était jusque-là tenue à
l'écart, s'avança vers moi, manifestant l'intention de
me suivre. « Tiens, lui dit-on, où allez-vous donc ?...
Auriez-vous par hasard l'intention de vous confesser ?
— Pourquoi pas ? répondit-elle : que vous importe ? »
Et elle sortit avec moi.

» Nous étions à peine seuls que cette jeune personne
se jette à genoux, saisit ma main avec frénésie et me
dit : — C'est Dieu lui-même, Monsieur, qui vous a envoyé auprès de moi ; je ne sais si vous avez lu dans
mon cœur... Mais j'étais fermement résolue, il y a peu
d'instants encore, à me détruire ce soir même... Je ne
me suis pas confessée depuis sept ans.. Orpheline et
dépourvue de tout secours, je me suis engagée dans
une troupe, et Dieu sait combien j'ai souffert !... Mais
les coups que j'ai eu à endurer, ces derniers jours, ont
été trop violents pour que je puisse y résister... Je
comptais sur une affection que je croyais sincère... Je
me voyais au moment de contracter un mariage, et
j'ai été indignement trahie !... Sifflée hier au théâtre,

j'ai vu l'humiliation ajouter son amertume à celle de la perfidie... Orpheline, sifflée et trahie, j'avais résolu d'en finir avec l'existence, et j'allais ce soir, après ce dîner d'adieu, me précipiter dans le lac... Vos paroles, votre alternative de la confession ou du suicide ont été pour moi un trait de feu... Ayez pitié de ma misère !

« Le lendemain elle quittait le théâtre. La jeune fille et sa mère en faisaient autant quelques jours après. La première communion n'a pas tardé beaucoup, et ces âmes persévèrent dans le courage du devoir chrétien. »

Ainsi l'abbé Mermillod, après s'être emparé des masses, aimait à prendre les âmes une à une, à les relever, à les ressusciter par le ministère fécond du sacrement de pénitence. Il savait que, pour atteindre et guérir, il y a mieux encore que la parole publique, il y a la parole intime de la confession. C'est par elle qu'il arrachait les cœurs à l'atmosphère viciée du mal, leur faisait un rempart de sa tendresse sacerdotale et les gagnait sans retour à la vie surnaturelle de Jésus.

« Son Jésus-Christ » comme il l'aimait! La piété respectueuse dont il l'entourait dans le sacrement de l'autel détermina, vers cette même époque, une autre conversion.

Il avait l'habitude d'aller tous les soirs faire une dernière visite à l'église pour garnir la lampe qui brûle jour et nuit devant le tabernacle et s'assurer que les portes étaient exactement fermées. Après cela, il venait au pied de l'autel, faisait une petite prière qu'il terminait par une longue génuflexion et baisait la terre, comme un acte plus profond d'adoration. Or, un soir qu'il se croyait bien seul et qu'il se relevait après avoir satisfait sa dévotion, il fut surpris d'entendre un bruissement d'étoffe et de voir s'avancer vers lui, d'un coin des plus obscurs de l'église, une personne qui paraissait tout émue, « Que faites-vous ici, à cette heure, madame ? — Je suis protestante, vous le savez, j'ai suivi votre carême et j'ai entendu vos instructions sur la présence réelle. Ebranlée par vos arguments, je me posais cette question, que vous me pardonnerez de vous exprimer sans détour : « Croit-il personnellement ce qu'il dit ? » Sachant que vous veniez tous les soirs à l'église, je m'y suis cachée afin de voir si, dans le secret, vous vous comportiez envers l'Eucharistie comme quelqu'un qui y croit : décidée à me convertir si votre conduite se trouvait conforme à vos enseignements. Je suis venue, j'ai vu, je crois et je vous supplie d'entendre ma confession. »

L'abbé Mermillod reçut les aveux de cette âme, avide de vérité, qui devint sous sa direction une catholique ardente, car il avait dès lors le don de dilater et d'élever les âmes. Par intuition, par grâce, par lumière infuse il posséda, dès le début dans le sacerdoce, la

science des âmes et fut un directeur excellent. Sa nature délicate et tendre apportait dans le maniement
des consciences une expérience consommée. Il trai-
tait paternellement les cœurs qui s'ouvraient à lui et
leur apprenait à grandir dans le sacrifice. « Je vous
supplie, mon enfant, écrivait-il un vendredi saint à
une personne qu'il dirigeait, je vous supplie de rester
sur votre calvaire avec foi et avec confiance! Jetez dans
le tombeau du Maître tout ce qui se met entre vous et
Lui! relevez-vous de ce sépulcre avec le joyeux alleluia
de l'amour! »

» Notre-Seigneur est sous mon toit. Consolez-le aujourd'hui, il ouvre son cœur comme l'abri de votre
vie. »

Toujours il conseille la résignation absolue à la volonté divine : « Moi aussi, chère enfant, écrit-il une
autre fois, j'ai regretté de ne pouvoir causer avec vous
de votre âme, de vos projets, de tout ce qui vous préoc-
cupe pour la gloire du cœur de Notre-Seigneur et pour
le service de la sainte Eglise! J'en parle au Maître et je
lui demande de vous donner lumière et force dans la
paix de son amour et de sa volonté sainte. »

Il voulait qu'on s'habituât à vivre dans les hautes et
sereines régions : « Que le Maître vous garde, vous
fortifie l'âme et le corps et qu'il vous garde dans les
joies de la ferveur. Je vous bénis en Lui. »

Une de ses expressions favorites était celle-ci : « De-
mandez que la lumière devienne chaleur. » Sa direc-

Vous voyez ce bateau qui passe... (Page 100.)

tion était aussi pratique et solide qu'elle était pleine
de mansuétude ; ses conseils étaient précis, sa spiri-
tualité n'avait rien de vague ni de sentimental, et ceux
qui ont bien connu Mgr Mermillod savent que chez lui
le directeur surpassait l'orateur.

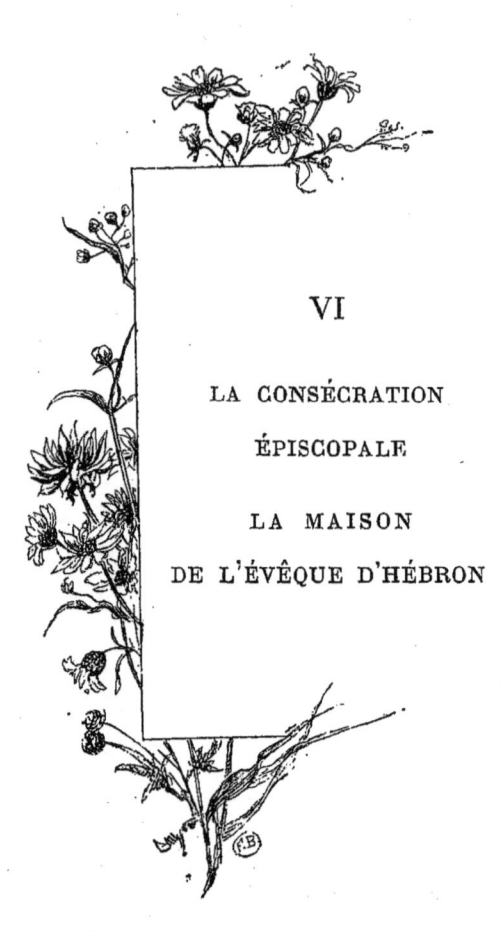

VI

LA CONSÉCRATION
ÉPISCOPALE

LA MAISON
DE L'ÉVÊQUE D'HÉBRON

CHAPITRE VI

LA CONSÉCRATION ÉPISCOPALE. — LA MAISON DE L'ÉVÊQUE D'HÉBRON.

IE IX, dans son zèle pour l'Eglise universelle, venait de créer coup sur coup, des vicariats apostoliques et des évêchés pour les chrétiens de l'Océanie, de l'Afrique, de l'Asie et de l'Amérique. Le Dahomey, l'empire d'Annam, le Tonkin, la Chine, l'île de Bornéo furent plus spécialement l'objet de sa sollicitude ; en Europe, Genève eut le privilège d'attirer son attention. L'année 1864 voyait s'élargir encore la renommée de l'abbé Mermillod ; la station de carême prêchée à Vienne en présence de l'empereur François-Joseph, de sa cour, de la jeunesse des classes élevées et de l'élite des savants et de l'armée, semblait avoir attaché à sa couronne un fleuron plus brillant encore et avoir mis le sceau à sa réputation. Brusquement appelé à Rome par Pie IX, il y reçut le 25 septembre 1864, des mains de l'auguste pontife lui-même, la consécration épiscopale, la plénitude du sacerdoce, et fut préconisé en ces termes : « Pour le siège épiscopal d'Hébron (*in partibus infidelium*), le révérend Gaspard Mermillod, du diocèse de Genève, nommé auxiliaire, en résidence à Genève, de Sa Grandeur Monseigneur Marilley, evêque de Lausanne et Genève. »

Après la cérémonie, Pie IX réunit le nouveau titulaire Mgr Mermillod, et avec lui quatre autres prélats de consécration également récente, et déjà revêtus des ornements pontificaux. C'étaient : l'archevêque de Tarragone, l'évêque d'Édimbourg, un évêque de Prusse et un évêque du Mexique ; il leur dit, avec cette éloquence simple et touchante qui n'appartenait qu'à lui : « Le siège d'où je vous consacre repose sur un grain de sable que le monde me dispute, mais ses efforts seront vains. La terre est à moi, Jésus-Christ me l'a donnée, à lui seul je la rendrai, et jamais le monde ne pourra me l'arracher. Allez donc en mon nom et au nom du Fils de Dieu.

» Vous, évêque de Tarragone, allez porter à l'Espagne en révolution des paroles de paix et de vérité; je vous l'ordonne, le monde est à moi ! Vous, évêque du Mexique,

Le vénérable curé de Carouge l'attendait sous le porche de l'église,
au milieu du clergé. (Page 116.)

8

allez aussi pacifier ce pays, et soutenez des droits mé-
connus; je vous le commande au nom de Jésus-Christ!
Evêque d'Edimbourg, allez achever de conquérir l'Ecosse
à Jésus-Christ. Evêque de Prusse, allez étonner ce
royaume par l'exemple du courage moral et de toutes
les vertus.

» Et vous, mon fils et maintenant mon frère, puisque
je vous ai consacré, allez me gagner cette Genève, qui
ose se dire la Rome protestante ; bénissez ces peuples
qui peuvent être ingrats, mais qui sont mes enfants.
Soutenez, consolez la grande famille catholique, et
convertissez ceux que l'hérésie retient loin du bercail
de Jésus-Christ. »

Le premier acte épiscopal de Mgr Mermillod fut d'envoyer par dépêche télégraphique, sa bénédiction au
clergé de Genève, à sa paroisse, à sa famille ; et comme
si cette bénédiction du nouveau prince de l'Eglise
devait immédiatement produire des fruits de grâce et
de salut dans les âmes qu'il aimait le mieux, son
jeune frère, étudiant en médecine, abandonnait tout
à coup, à ce moment-là même, ses études scientifiques
pour devenir religieux capucin sous le nom de
Père Alfred.

Ce fut un spectacle agréable à Dieu et aux anges que
celui de ces frères consacrant leur vie, dans la plénitude de leur jeunesse, à la gloire de Dieu et au salut
des âmes.

A quelque temps de là, Mgr Mermillod reprit le chemin de son pays, où il était impatiemment attendu, mais à l'imitation de saint François de Sales, il regardait sa charge comme un fardeau et non comme un honneur, et, craignant les ovations qui lui étaient préparées, il s'arrêta, pour les éviter en partie, à une station voisine de Genève.

Son premier soin fut d'embrasser ses parents dont on conçoit aisément le bonheur. Son père paraissait fier et heureux, sa mère calme et émue. En abordant l'évêque, cette grande chrétienne lui dit une seule parole : « Maintenant, mon fils, je n'ai plus qu'une chose à demander au bon Dieu pour vous : c'est qu'Il vous garde l'humilité. »

Mgr Mermillod se rendit ensuite directement à l'église de Notre-Dame qu'il trouva remplie d'une foule immense. A son entrée tous les visages s'épanouirent et tous les fronts s'inclinèrent. Catholiques et protestants se rencontraient dans un même mouvement de fierté nationale et tout le monde se mit à genoux pour recevoir la bénédiction épiscopale.

Le vénérable curé de Carouge qui, quarante ans auparavant, avait baptisé Gaspard Mermillod, l'attendait sous le porche de l'église, au milieu du clergé. L'émotion fut générale lorsque le bon vieillard, s'avançant à la rencontre du nouvel évêque, le salua au nom de ses compatriotes et lui remit de leur part une magnifique croix pectorale. ·

Le prélat entra alors dans l'église et le chœur entonna l'hymne du Commun des Pontifes : « *Ecce sacerdos magnus qui in diebus suis placuit Deo.* » Voici un grand Pontife qui a été agréable à Dieu pendant sa vie.

Quand le chant fut achevé, l'évêque d'Hébron prit la parole et ne fut jamais plus éloquent ni mieux inspiré. « *Episcopus ego sum,* s'écria-t-il. Malgré ma faiblesse je suis Évêque, Évêque de l'Église de Dieu. J'ai sur vous, de par la grâce de Dieu et de son vicaire sur la terre, autorité et mission pour le commandement. »

Et Mgr Mermillod fut effectivement un évêque dans toute l'étendue du mot. Depuis que l'huile sainte, en touchant son front, lui eut conféré ce titre austère et sacré, son zèle pour les âmes parut s'être développé encore ; il ne retrancha rien à sa vie de missionnaire et ne négligea rien cependant de ce qui regardait la délicate administration de son diocèse. Élargi par l'action divine, son cœur semblait contenir le monde des âmes ; il les aimait toutes et conservait pour chacune d'elles un amour effectif qui n'avait rien de vague ou de banal ; il savait s'intéresser à tout ce qui les touchait, souffrir de toutes leurs souffrances et conserver en même temps la liberté et la paix. Aussi dès que les fêtes de la réception furent terminées, il se remit au travail, organisa sa maison et ne songea plus qu'à « souffrir et à s'immoler. »

Installé dans sa modeste résidence, tout auprès de sa chère église de Notre-Dame, il ne modifia nullement ses habitudes d'excessive simplicité. Sa chambre à coucher, voisine de son cabinet de travail, ne contenait que les meubles absolument indispensables. Un petit lit de fer, entouré de rideaux de serge grossière, touchait à la pauvreté. Un christ, un bénitier, une branche de buis bénit, une image de la Vierge Marie faisaient tout l'ornement de cette humble cellule.

Dans le cabinet de travail, un bureau, une bibliothèque, un prie-Dieu surmonté d'un crucifix, des gravures pieuses, le portrait de sa mère, quelques sièges composaient l'ameublement.

C'est là que Monseigneur recevait la plupart de ses visites, qu'il travaillait et priait. Là encore qu'il méditait, en se promenant d'un pas rapide, ces discours toujours originaux, toujours nouveaux malgré leur nombre et qui toujours remuaient les masses et convertissaient les pécheurs.

La maison de l'évêque se composait de M. Dunoyer, devenu son grand-vicaire, du R. P. Dom Firmin Collet, un bénédictin de Solesmes, pieux et instruit, qu'il s'était attaché comme secrétaire, et d'un jeune homme qu'il avait reçu à Rome des mains de deux amis également chers, Mgr Bastide et Mgr de Ségur, et auquel il avait confié le soin matériel de sa maison.

Son père et sa mère, toujours fixés à Carouge, venaient de temps à autre s'asseoir à sa table, mais jamais madame Mermillod n'accepta l'invitation de son fils quand il avait du monde. « Ce n'est pas ma place, disait-elle », et malgré les pieuses instances de Monseigneur, cette femme modeste, véritable type cependant de la plus parfaite distinction, refusait absolument.

Le cœur de l'évêque, si bon pour les étrangers, avait pour les siens d'inexprimables tendresses : ce fut toujours le fils le plus affectueux, le frère le plus dévoué. Il avait pour sa mère un amour resté enfantin, caressant, et, détail étrange chez un fils aussi parfaitement respectueux, il avait conservé dans l'intimité l'habitude de la tutoyer, comme lorsqu'il était tout petit. Quand elle était chez lui, toutes les attentions, toutes les délicatesses s'adressaient à elle et il ne manquait jamais de lui offrir chaque année son cadeau de fête : c'était, selon le goût de la vieille dame, une robe de couleur sombre ou un châle. Quelle joie simple alors pour la mère et combien tout cela lui devenait précieux en passant par les mains de son fils ! Un des plaisirs que recherchait l'heureuse mère était d'entendre parler de son enfant béni ; elle aimait à savoir ce qu'on disait de lui et se faisait raconter ses voyages, ses missions, ses incessants travaux. Sa curiosité maternelle était rarement satisfaite et l'on revenait volontiers sur ce sujet qui l'intéressait plus que tout autre.

Sa sœur Jenny, mariée à Carouge, à M. Grâce, amenait parfois à l'évêque ses trois petites filles. Le prélat s'attendrissait devant ces fronts innocents, et ce fut

une de ses consolations de suivre pas à pas, dans la
plus jeune de ces enfants, la naissance, le progrès et
le développement de la vocation religieuse. Amélie
ressemblait à son oncle : mêmes traits, même intelligence, même caractère aussi. Il l'avait envoyée en
Angleterre à la fin de ses études, pour lui faire
apprendre, sur place, la langue anglaise. Il espérait
que cette enfant se donnerait à lui et l'aiderait dans
ses travaux ; Dieu avait d'autres desseins, et l'évêque
fut heureux de la lui consacrer entièrement dans la
maison des fidèles compagnes de Sainte-Anne d'Auray
où Amélie Grâce est depuis longtemps Mère Gasparine.
Les aînées, Joséphine et Marie, épousèrent plus tard
les deux frères, MM. Philippe et Placide Grosset, et
cette double union garda à Genève la famille de
l'évêque.

De loin en loin son frère, devenu l'austère fils de
saint François d'Assise, venait l'aider dans l'évangélisation de son pays. Le R. Père Alfred a pour les âmes
le zèle et la tendresse de son frère ; il sait comme lui
les relever et les sauver, et les missions qu'il prêche
portent toujours des fruits de salut. C'est un religieux
plein de mansuétude qui couche sur la dure, marche
pieds nus, jeûne et se mortifie. L'habitude de la pénitence a fait du jeune et brillant étudiant d'autrefois
un prêtre fervent et rigide pour lui-même. La sollicitude fraternelle de l'évêque s'alarmait souvent de
l'austérité excessive du fils de saint François. « Mon

Il recevait les personnes qui venaient chercher ses conseils. (Page 124.)

bon frère, lui disait-il le soir en lui donnant le baiser de paix, promettez-moi que, cette nuit, vous vous reposerez dans le lit de votre chambre ; je souffre de savoir que vous couchez sur la dure. » Le capucin souriait : « Ce ne sera pas encore ce soir, Monseigneur, nous verrons demain. »

Et c'était tous les jours ainsi.

L'amitié des deux frères avait conservé une fraîcheur, une vivacité de sentiments d'un charme exquis. Le même manière de voir, le même but à poursuivre avaient admirablement resserré les liens de la nature. La présence du religieux dans la demeure de l'évêque était pour tous deux une fête du cœur. C'était aussi une fête de famille, car alors le père et la mère venaient plus souvent encore à l'évêché et tous ensemble retrouvaient ainsi quelque chose de cette vie du foyer qui avait été généreusement sacrifiée au service de Dieu ; ils en jouissaient tranquillement, modestement, et si parfois une ombre passait sur le visage de la mère, c'est lorsqu'elle considérait la tête rasée et les pieds nus de son cher Claude.

Une personne qui l'a beaucoup connue et beaucoup aimée nous écrit qu'à ce sujet madame Mermillod lui a raconté des choses charmantes de simplicité du Père Alfred. Et elle était si émue, la chère sainte femme, en racontant cela ! — « Il était d'un difficile pour la nourriture ! Pensez que, pour son café au lait, le matin, j'étais obligée d'avoir une petite passoire,

afin que la *peau du lait* ne tombât pas dans sa tasse.
Ah! aujourd'hui, il en doit manger de la peau! Je me
demande comment il a fait ». Et nous riions ensemble.
— « Et ses lettres ! me disait-elle encore. Pensez qu'il
m'écrit quequefois sur du vrai papier à chandelle. »

Pendant que le Père Alfred était à Genève, il fouil-
lait, chaque jour, dans la corbeille aux vieux papiers,
mettant de côté pour sa provision tous les bouts de
papier blanc qu'il y pouvait trouver. Monseigneur
riait et disait : « Il ne faut pas que je déchire, le Père
Alfred ne trouverait plus rien. »

Ces instants donnés à l'affection étaient aussi précieux qu'ils étaient rares et courts. Le travail ne laissait point de relâche à Mgr Mermillod ; il s'emparait
de sa vie tout entière et, après avoir absorbé sa journée,
dévorait encore une partie de ses nuits. L'évêque se
couchait fort tard ; ses veilles se prolongeaient souvent jusqu'à une ou deux heures du matin. A six
heures, il se relevait pour descendre aussitôt à sa
chapelle particulière où l'attendaient tous les matins
de nombreux pénitents. Après les avoir entendus, il
disait la sainte messe et ceux qui l'ont vu à l'autel se
souviendront toujours du respect qu'il apportait à la
célébration des saints mystères.

Après la messe et l'action de grâces, il prenait rapi-
dement une tasse de thé ; puis il montait dans son
cabinet où il recevait les personnes qui venaient chercher ses conseils, ou faire des retraites. Et cela était

presque quotidien. Il dépouillait ensuite son courrier et dictait, pendant qu'il écrivait lui-même, les réponses avec une lucidité parfaite. Vingt fois dérangé par des visites, il se remettait à dicter et à écrire dès qu'il était libre, et retrouvait, sans une seconde d'hésitation, le fil de ses pensées : il n'a jamais paru en avoir oublié une seule. Durant tout le jour, quels qu'aient été ses fatigues et ses travaux, il était à la disposition de tous ceux qui le demandaient, de tous ceux qui lui écrivaient. De là ces milliers de lettres qu'il a écrites à tous et en toutes circonstances : lettres de félicitations, de condoléances, d'encouragements ; les moindres travaux, dès qu'ils étaient faits dans le sens chrétien, obtenaient de sa part une approbation, une parole d'éloge, et trouvaient en lui un aide et un soutien. Et lui, qui appréciait tant les moindres travaux des autres, crut toute sa vie qu'il n'en faisait pas assez : il réalisait l'impossible, détruisait sa santé, abrégeait sa vie, se pliait avec une admirable condescendance aux désirs, j'allais dire aux caprices de tous et craignait encore de n'avoir pas accompli entièrement son devoir.

Des visites cependant lui étaient importunes : c'étaient celles qui n'étaient motivées que par la curiosité ou l'amour-propre. Une certaine dame « qui n'avait pas voulu passer à Genève sans voir Mgr Mermillod » lui avait mis dans la main, en se retirant, une pièce de 20 francs !...

« Oh ! dit Monseigneur avec vivacité en rentrant

dans son cabinet de travail, j'avais envie de lui dire : « Reprenez votre argent et rendez-moi mon temps. »

Mgr Mermillod, qui a tant quêté, était l'homme le moins fait pour recevoir. « J'ai trop d'orgueil, a-t-il dit bien des fois. Je sens trop que celui qui donne est au-dessus de celui qui reçoit. » Non, chez lui, ce n'était pas orgueil, mais délicatesse innée.

Sa constitution toujours délicate résistait difficilement à ses fatigues sans cesse renouvelées ; il souffrait de fréquentes névralgies et sa gorge, déjà à cette époque, devait être cautérisée après chaque discours. Il était soumis à un régime sévère duquel il ne songea du reste jamais à se plaindre ; toujours absorbé, il prenait ses repas sans remarquer ce qui lui était servi. On l'a vu plus d'une fois couper distraitement son pain sur son assiette et le picoter à l'aide de la fourchette, croyant qu'il mangeait de la viande ou du légume ; il buvait le vin mélangé d'eau qu'on lui versait, mais n'en réclamait jamais et bien souvent portait le verre à ses lèvres sans s'apercevoir qu'il était vide. Son oubli des choses matérielles et sa sobriété excessive l'empêchaient d'accorder aucune attention aux plaisirs de la table. Peut-être même ne songeait-il pas assez aux personnes qu'il recevait. On venait le voir, il invitait, il invitait toujours, et puis, au moment de se mettre à table, il disait à son serviteur : « Auguste, vous savez, nous avons du monde ; j'ai monsieur un tel, et puis

monsieur un tel. — Mais non, Monseigneur, je ne sais
pas, et il n'y aura pas de quoi manger. » Et Monseigneur
reprenait en souriant : « Nous tâcherons d'être si
aimables qu'on ne s'en apercevra pas. » Voilà, chez
Mgr Mermillod, la nature prise sur le fait. On eût dit
vraiment qu'il avait hérité de l'esprit mortifié du saint
évêque de Genève : Saint François de Sales dînait un
jour chez un de ses amis quand les convives observè-
rent que les domestiques, en préparant le couvert,
avaient commis une méprise et mis de la farine dans la
salière. Le saint prélat, accoutumé à ne faire aucune
attention à la nourriture, s'était bravement servi de
farine au lieu de sel et continuait son repas sans se
douter de rien, quand le maître du logis, ordonnant
qu'on changeât la salière, s'empressa de lui faire des
excuses.

Cette vie, de laquelle Mgr Mermillod ne pouvait en
quelque sorte se réserver rien, tant elle était dépensée
pour les autres, empêchait qu'il pût donner aux personnes de son entourage le temps qu'eussent réclamé
leur estime, leur amitié réciproque : les repas étaient
toujours rapides, les instants donnés à la conversation
intime toujours écourtés et les prêtres de sa maison ne
constataient pas sans quelque chagrin que l'évêque, qui
se donnait à tous dans l'accomplissement de ses devoirs
multiples et variés, leur échappait, à eux, presque
entièrement.

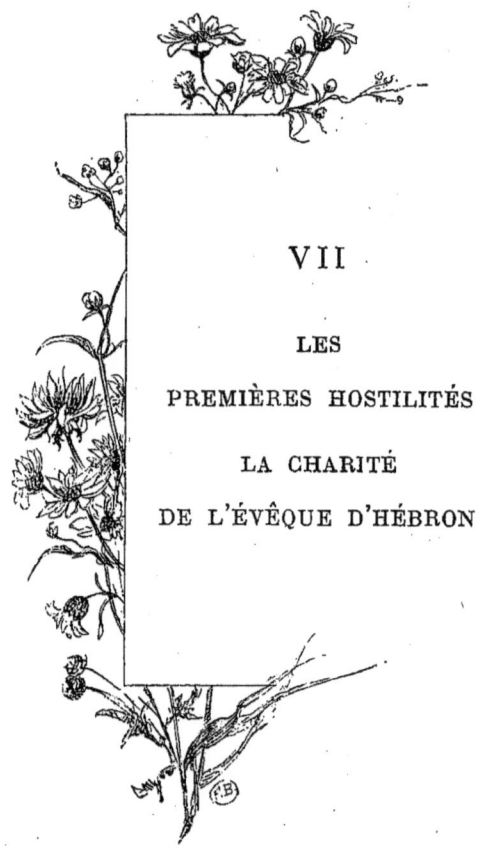

VII

LES
PREMIÈRES HOSTILITÉS

LA CHARITÉ
DE L'ÉVÊQUE D'HÉBRON

CHAPITRE VII

LES PREMIÈRES HOSTILITÉS — LA CHARITÉ DE L'ÉVÊQUE
D'HÉBRON

A GENÈVE, le radicalisme ligué avec l'esprit étroit du vieux calvinisme commençait à livrer un nouvel assaut contre les libertés de l'Église. Ce qui offusquait surtout certaines gens, c'était la présence d'un évêque catholique dans la Rome protestante. Ils craignaient que la situation présente ne fût qu'une transition à un avenir prochain où Genève verrait se relever dans ses murs le siège épiscopal illustré par tant de grands évêques et glorifié dans l'exil par saint François de Sales. En conséquence ils refusèrent de reconnaître le titre épiscopal de Mgr Mermillod et proposèrent de ne plus l'appeler que monsieur le Curé.

Il n'en était pas moins évêque; le clergé indigné protesta et les fidèles l'entourèrent d'une vénération plus profonde.

« A Genève, écrivait-il confidentiellement le 7 septembre 1869, la bataille recommence; j'espérais aller aux eaux de Saint-Gervais avant mes retraites; je dois rester là. Notre grand conseil a repris toutes les questions d'Évêché, de corporations, de cimetières, etc. Je dois rester là! Le clergé a été admirable; tous, *sans exception*, ont voulu signer une protestation rédigée par moi. Il y a là un signe consolant. Remercions Dieu de cette unanimité. »

L'évêque resta là! et sans s'inquiéter de l'orage qui grondait sourdement continua à exercer dans son pays son heureuse et pacifique influence, car nul mieux que lui ne savait allier la dignité parfaite du prince de l'Église à une condescendance absolue à l'égard de tous. Sa bonté était proverbiale à Genève et plus d'une fois on en abusa, mais les désillusions de sa charité ne l'empêchèrent jamais de donner, de donner beaucoup, de donner toujours, de tout donner.

L'évêque d'Hébron vivait dans son pays et par conséquent y était fort connu d'un grand nombre de ses anciens camarades d'école. Quelques-uns, ouvriers à Genève, ne se faisaient pas faute de venir réclamer son aide. Il les accueillait toujours avec une bonté excessive, malgré la brutalité de quelques-uns.

— Hé! Gaspard, dit un jour l'un d'eux en entrant

chez Sa Grandeur, tes affaires vont bien, à ce qu'il paraît; tu as eu plus de chance que moi, mon cher.

L'évêque, sans se choquer de cet oubli absolu de forme et de respect, voulant, selon son habitude, se faire tout à tous, afin de les gagner tous, répondit avec la plus entière bonhomie : « Qu'y a-t-il, mon pauvre Pierre, est-ce que tes affaires, à toi, vont mal? Tu travailles pourtant. »

— Si je travaille! mais que veux-tu, j'ai à compter avec la famille, le chômage, la maladie... Je suis maçon et les bises me font un mal d'enfer : les rhumatismes commencent à se faire sentir et je ne tarderai pas à être perclus.

— Mon pauvre ami! Attends; j'ai là, je crois, des flanelles qui te feront du bien.

Et l'évêque passe lui-même dans sa chambre à coucher, ouvre un meuble et en tire, comme il l'a dit, une collection de bonnes flanelles qu'il apporte, en les dissimulant dans les plis de sa soutane; car, avec la naïveté d'un enfant, il craint les reproches de son entourage qui l'accuse de donner outre mesure.

— Tiens, mon ami, prends vite cela; je vais aussi te donner un peu d'argent qui te permettra d'attendre des jours moins mauvais.

Et le prélat puise sans compter dans un petit coffret toujours à portée de sa main.

L'ouvrier se retire en remerciant.

Quelquefois l'ouvrier était un honnête homme; d'au-

tres fois, hélas! c'était un mauvais sujet ou un es-
croc.

Le jeune serviteur, dont le tact et. l'intelligence,
joints à une fidélité et à un dévoûment à toute épreuve,
avaient fait, en quelque sorte, un ami de l'évêque,
s'inquiétait parfois de cette générosité excessive dans
laquelle entrait, il faut bien l'avouer, plus de spontanéité et de bon cœur que de règle et de prudence. Il
imagina de borner ces largesses en ne laissant habi-
tuellement dans l'armoire à linge qu'un seul exem-
plaire de chaque objet d'habillement et remplaça par
de la menue monnaie, les pièces d'or et d'argent qui
garnissaient d'ordinaire la cassette destinée aux aumônes.

L'évêque ne s'en aperçut pas, ou du moins ne s'en
plaignit pas; il continua à puiser et à donner sans
trop savoir ce qu'il donnait, mais de cette façon l'aumône n'avait plus rien d'exagéré, ni de dispropor-
tionné avec les ressources de la maison. Or, un ouvrier,
d'ailleurs jeune et robuste, qui, avant cette prudente
réforme, avait largement usé et abusé de la générosité
de Monseigneur, vint un jour le trouver et comme les
autres fois s'étendit longuement sur ses besoins. Le
prélat l'écouta jusqu'au bout, avec son inaltérable pa-
tience, puis selon sa coutume, alla, à la fin de la visite,
prendre une poignée d'argent dans la merveilleuse
cassette. Le solliciteur, pressé de voir ce qu'il avait
reçu, ouvrit aussitôt la main et, constatant qu'au lieu

des pièces blanches qu'il attendait, on ne lui avait donné que la menue monnaie, il devint furieux et lança à la figure de l'évêque la poignée de sous.

Une personne de la maison qui entrait en ce moment, vit le geste menaçant, crut à un attentat et se précipita sur le misérable qu'il voulait absolument livrer à la police.

« Non, non, s'écria Sa Grandeur, je vous le défends, laissez-le aller et surtout ne lui adressez aucun reproche, ne lui faites aucun mal. »

Ces différents traits n'ont-ils pas une singulière analogie avec ceux que nous lisons dans la vie du doux François de Sales ?

« Un jour, nous dit son historien, le saint évêque était seul dans sa chambre, occupé du soin de son diocèse, quand un homme fort mal vêtu vint l'y trouver pour lui parler de quelque affaire : le froid était extrême, et ce pauvre homme en était si pénétré qu'il tremblait en lui parlant. Saint François en fut touché, et, bien que le malheureux ne lui demandât pas l'aumône, il entra dans sa garde-robe, mais n'y trouvant pas de vêtements d'hiver et n'ayant point d'argent pour en faire acheter, — ce qui lui arrivait souvent — il quitta les habits qu'il portait sous sa soutane, en fit un paquet qu'il donna au visiteur, en lui recommandant de le bien cacher et de n'en rien dire. Pour lui, il resta en simple soutane, exposé à un froid rigoureux, dont il eut probablement longtemps souffert, si

son valet de chambre ne l'avait remarqué et ne lui
avait procuré d'autres vêtements.

Saint François avait aussi un économe qui, ayant
grand'peine à subvenir aux dépenses de la maison, à
cause des incessantes charités de son maître, lui en
faisait quelquefois de vifs reproches. « Vous avez
raison, répondait le prélat, je suis un incorrigible, et,
ce qu'il y a de pire, c'est que j'ai bien l'air de devoir
l'être longtemps. » Et il ajoutait en montrant son crucifix : « Peut-on rien refuser à un Dieu qui s'est mis en
cet état pour l'amour de nous? » L'économe, qui était
un homme de bien, se retirait tout confus et disait à
ses camarades : « Notre maître est un saint, mais il
nous mènera tous à l'hôpital et il ira le premier s'il
continue comme il a commencé. »

S'il est vrai de dire que l'évêque d'Hébron fut, par
ses prédications, l'un des grands apôtres de la charité
catholique à notre époque, il est bon d'ajouter que personne n'a pratiqué l'aumône plus largement que lui ; il
se souvenait de cette parole du saint évêque de Genève :
« Les hommes nous regardent en même temps qu'ils
nous écoutent; il faut prêcher à leurs yeux en même
temps qu'à leurs orcilles : l'un se fait par les paroles et
l'autre par l'exemple qui est encore plus puissant. »
Aussi l'amour des pauvres fut de tout temps une des
vertus favorites de Mgr Mermillod : le plus misérable

« Non, non, s'écria Sa Grandeur, je vous le défends... (Page 135.)

mendiant était reçu chez lui avec la même aménité, la même douceur qu'un homme distingué ou un grand seigneur. Il s'intéressait surtout aux petits enfants qui venaient demander quelque aumône; il voulait qu'on fût bon pour eux, il s'informait de leur situation, de leur famille et était ingénieux à trouver le moyen de faire du bien à leurs petites âmes, tout en leur procurant les secours matériels dont ils avaient besoin.

On aimait aussi à voir, le Jeudi-Saint, la touchante piété avec laquelle le prélat lavait les pieds des douze vieillards de l'hospice des Petites Sœurs des Pauvres. Son attitude vis-à-vis de ces pauvres vieux, son respect attendri, rappelaient bien Notre-Seigneur lavant les pieds de ses disciples. Après la cérémonie il les recevait chez lui, leur faisait servir un bon dîner et ne les congédiait qu'après les avoir bénis et leur avoir remis une généreuse aumône. Il avait coutume de venir presque chaque année célébrer la messe de minuit dans la chapelle des Petites Sœurs.

Mais si Mgr Mermillod s'efforçait de soulager, dans la mesure de ses forces, les misères matérielles, sa charité ne connaissait plus de bornes lorsqu'il s'agissait d'assister les âmes dans leurs besoins spirituels, de les soutenir dans leurs douleurs morales. Les peines les plus diverses, se présentant sous les plus étranges couleurs, recevaient toujours chez lui aide ou consolation.

Un soir, à la tombée de la nuit, on vint lui dire qu'une jeune femme, prosternée au pied de l'autel de la Sainte Vierge, priait, pleurait à sanglots, et refusait absolument de se retirer, bien qu'il fût l'heure de fermer la chapelle. « Elle paraît bien malheureuse, ajouta le messager, faut-il l'amener à Votre Grandeur ? »

On savait que le bon cœur de l'évêque ne résistait jamais au désir de faire du bien à une âme meurtrie.

La jeune femme, en apprenant que l'évêque veut lui parler, eut un cri de reconnaissance : « Dieu soit béni ! » dit-elle ; puis, subitement reprise d'inquiétude : « Est-ce bien vrai que vous me conduisez chez Monseigneur ?... Je ne connais rien à Genève, je suis entrée ici par hasard. — Soyez tranquille, madame, cette chapelle n'est-elle pas une garantie de la sainteté de l'habitation où vous vous trouvez ? Calmez-vous, Monseigneur est très bon.

La jeune femme s'affaissa plutôt qu'elle ne se mit à genoux aux pieds du prélat. « Mon enfant, dit-il doucement, relevez-vous. » Et lui désignant un fauteuil : « Asseyez-vous là, nous causerons : vous souffrez beaucoup, ma pauvre enfant ? »

Rassurée par cette invitation toute pleine de sainte charité, l'étrangère se sentit enfin le courage de parler et quand, une demi-heure plus tard, elle quitta la demeure hospitalière, la désespérance, qui avait failli la conduire, elle aussi, à l'affreux suicide, avait fait place à une douce confiance. Les sages conseils de l'évêque lui avaient fait entrevoir un rayon de soleil dans une situation qu'elle avait crue absolument sans issue, et avaient ramené le sourire dans ces yeux qui, depuis plusieurs jours, n'avaient fait que verser des larmes.

Peu d'hommes ont autant reçu de Dieu que Mgr Mermillod, mais aussi peu ont autant donné de leur cœur, de leur esprit, de leurs forces. « Je suis, disait-il souvent, comme une éponge que l'on presse toujours et qui n'a jamais le temps de se remplir. » Cette riche nature en effet se répandait sans cesse sans s'épuiser, et s'il se trouva en l'évêque d'Hébron des imperfections, des défauts comme chez tous les autres hommes, ce fut le plus souvent l'excès même de ses qualités auxquelles il manquait peut-être un peu de mesure et d'équilibre.

Son bon cœur, sa charité, son désir d'obliger tout le monde le jetèrent souvent dans des embarras sérieux : il avait jugé des autres par lui-même, il avait cru que les difficultés s'aplaniraient, il avait compté sur quelque heureux imprévu, et voilà qu'au moment de remplir ses engagements vis-à-vis de quelque malheureux qu'il avait promis d'aider, tout, et tous, lui faisaient défaut, et il se trouvait dans des situations dont il avait peine à sortir. Ce fut dans sa vie un véritable écueil, mais il lui était si difficile de refuser un service, de repousser un solliciteur, de dire non, qu'il promettait parfois plus qu'il ne pouvait tenir. Il multipliait alors ses démarches, se faisait solliciteur à son tour, écrivait, importunait, suppliait et obtenait souvent ce qu'il avait demandé, mais la multiplicité même de ses requêtes devait en rendre stériles un bon nombre.

« Il faudrait, disait le directeur d'une des grandes compagnies françaises de chemin de fer, il faudrait disposer non seulement de toutes les places, de toutes les situations que peut offrir notre compagnie, mais encore de toutes celles dont disposent les administrations de la France entière pour caser les protégés de Mgr Mermillod. »

Cette même condescendance se retrouve dans la facilité avec laquelle il acceptait de prêcher dans les moments même où ses occupations et sa santé ébranlée auraient dû le lui interdire. Sous ce rapport il est juste de constater que Mgr Mermillod ne se donnait pas seulement, il se prodiguait. Lorsqu'il était à Genève il faisait régulièrement l'homélie chaque dimanche à la messe de 9 heures : il excellait dans ce genre. De plus, bien qu'il fût presque journellement appelé à porter la divine parole dans les grandes villes, devant les plus illustres auditoires, il ne dédaignait pas de se faire entendre dans des cités moins importantes et répondit plusieurs fois à la prière qui lui fut faite de venir évangéliser de modestes paroisses.

Parmi ces villes favorisées, il faut citer Porrentruy, petite ville du Jura Bernois, qui fut pendant des siècles

la résidence des princes-évêques de Bâle. Evangélisée
quelques années auparavant par un autre apôtre venu
de Genève, M. l'abbé d'Aulnois, de sainte mémoire,
celui-ci avait vivement engagé l'évêque d'Hébron à se
rendre aux instances réitérées du curé de la petite paroisse, et à aller prêcher ce peuple dont on se figure
difficilement la foi vive et enthousiaste.

L'affluence fut énorme ; il y eut certain soir où la
foule était tellement pressée dans toutes les nefs de
l'église, que le prédicateur, soulevé par les flots des
fidèles, fut porté à sa chaire plutôt qu'il n'y monta.
Jamais le prélat ne rencontra des foules plus éprises
de sa parole, plus avides de recevoir sa bénédiction ; en
quittant le sanctuaire il élevait, pour ne la laisser re-
tomber que lorsque la porte du presbytère s'était
refermée sur lui, sa main consacrée, qui n'était faite
que pour bénir.

La station était fertile : Mgr Mermillod passait au
confessionnal le temps qui n'était pas consacré à prêcher ; l'admiration et la confiance étaient générales ;
sa douce bonté, autant que son éloquence, avait gagné
tous les cœurs. Les mères lui apportaient leurs petits
enfants pour qu'il les bénît ; les diverses et multiples
sociétés et corporations de la ville sollicitaient l'honneur de lui être présentées ; les jeunes gens demandaient des audiences ; les petits garçons se groupaient
aux abords du presbytère et attendaient durant des
heures entières le bonheur de voir de plus près l'é-

vêque lorsqu'il passait de la cure à l'église ; car le prélat possédait le don charmant d'attirer l'enfance, de savoir parler aux jeunes intelligences, aux jeunes cœurs : partout et durant toute sa vie, il put lire sur les fronts purs qu'il bénissait, une joyeuse et naïve confiance. Bien des années plus tard, alors qu'élevé au siège épiscopal de Lausanne et Genève, Mgr Mermillod venait d'être reçu dans sa ville épiscopale de Fribourg, avec toute la solennité due à son rang et à son mérite, deux petits garçons en habits de classe, veston et culottes courtes de velours marron, pénétrèrent dans l'évêché le lendemain même des fêtes.

— Où allez-vous ? leur demanda un domestique.

— Nous voudrions voir Monseigneur.

A ce moment le secrétaire de l'évêque traverse le corridor : « Est-ce pour une affaire grave ? » demanda-t-il en souriant.

— Oh non ! répondent les enfants, c'est pour le voir !

Le domestique, qui a la consigne de ne repousser personne, les précède et les introduit au salon.

Les deux petits bonshommes entrent sans hésiter et s'inclinent : « Bonjour, Monseigneur, nous venons pour vous voir. »

Et ils ajoutent en s'avançant résolument : « Pour vous voir, Monseigneur, et aussi pour vous demander de nous bénir et nos chapelets AVEC. »

Les enfants s'étaient mis à genoux : le prélat, charmé de leur candeur, de leurs figures ouvertes, à

Les enfants s'étaient mis à genoux... (Page 144.)

10

la fois ingénues et mutines, leur fait baiser son anneau, sa croix pectorale et les bénit de tout son cœur, eux et leurs chapelets.

« De quelle famille êtes-vous? » demanda-t-il ensuite en les caressant.

Une personne présente, qui les avait reconnus, indiqua leur nom et ajouta : « C'est une très bonne famille. »

— Oh! oui, s'écrie l'un des enfants, nous sommes onze !

Monseigneur sourit paternellement, donne aux petits visiteurs deux belles médailles et en ajoute une troisième pour leur mère.

Les enfants, très fiers et très contents, se relèvent, saluent, quittent le salon en vrais gentlemen et courent à la maison raconter à leurs parents l'heureuse aventure.

Ses rapports avec les gens de sa maison étaient empreints d'une semblable bienveillance; son commerce était facile et agréable. M. Dunoyer, son grand-vicaire, trouvait en lui un fils dont l'élévation n'avait altéré en rien la respectueuse déférence et il en fut ainsi de tous les prêtres âgés qui eurent à s'approcher du jeune évêque.

Avec ses inférieurs sa bonté fut constante et affectueuse et s'il s'était trompé sur quelqu'un, il n'hésitait jamais à reconnaître son erreur avec une simplicité, une loyauté parfaites.

Un jour qu'au cours d'une discussion un peu vive, il remarqua qu'il faisait de la peine au jeune homme qui le servait, il changea brusquement d'attitude et lui ouvrant ses bras : « Mon pauvre ami, dit-il en l'embrassant, je vous ai offensé et je vous en demande pardon ; oubliez mes paroles, mon cher enfant. »

Ses lettres intimes sont pleines de ce savoir-dire toujours aimable, de ces attentions fines et délicates de l'homme bien élevé et du vrai prêtre de Jésus-Christ.

« Ma bien chère fille en Notre-Seigneur, écrivait-il à une âme qui lui était particulièrement chère, j'ai attendu le jour anniversaire de votre naissance pour vous envoyer, avec des bénédictions spéciales, toute l'affection que mon cœur de père vous a vouée. Je suis heureux de savoir que vous vivez un peu de la *vie végétative ;* vous avez raison, vous avez besoin des tendresses de madame..., et de la paix dans les champs. Chère fille, votre santé s'est épuisée dans des préoccupations morales et dans des fatigues sans trêve.

» Demain, au saint autel, je remercierai Dieu de vous avoir envoyée dans ce monde pour devenir une élue du ciel. Soyez sainte, pleine d'abnégation, vivant pour le cœur du Maître et pour la sainte Église ; refaites vos forces, reposez votre âme et préparez-vous à être l'ouvrière du bon Dieu, *fidèle*, *délicate*, *généreuse* et *infatigable*.

» Mon enfant, quels seront vos projets, ceux de la vénérée madame... ? Soyez docile à l'action de la grâce ;

n'enjambez pas la Providence : sachez attendre en paix les signes divins.....

» Recevez avec mes vœux pour l'anniversaire de votre naissance et surtout de votre baptême, les plus tendres bénédictions. Priez pour moi qui suis vôtre dans le cœur de Jésus. »

Sa charité grandissait encore lorsqu'il avait à convertir un cœur coupable, à relever une âme tombée ; on eût dit qu'il se répétait alors le mot naïf et charmant du grand Évêque de Genève : « Il n'y aura bientôt plus que le bon Dieu et moi qui aimions les pauvres pécheurs. »

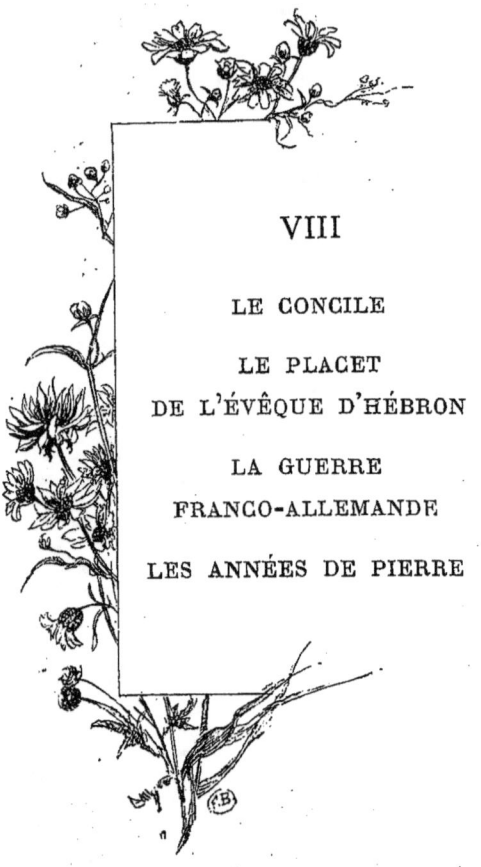

VIII

LE CONCILE

LE PLACET
DE L'ÉVÊQUE D'HÉBRON

LA GUERRE
FRANCO-ALLEMANDE

LES ANNÉES DE PIERRE

CHAPITRE VIII

LE CONCILE. — LE PLACET DE L'ÉVÊQUE D'HÉBRON. — LA
GUERRE FRANCO-ALLEMANDE. — LES ANNÉES DE PIERRE.

IL y avait quinze ans que monseigneur Mermillod, alors simple prêtre perdu dans la foule, avait assisté avec une joie enthousiaste à la proclamation du dogme de l'Immaculée-Conception, le 8 décembre 1854. L'ouverture du concile du Vatican, le 8 décembre 1869, renouvela sa joie et son enthousiasme : il partit pour Rome afin d'assister à ces assises solennelles de l'Église catholique.

« Nous voulons et ordonnons, disait la bulle pontificale convoquant le concile, que de toutes leurs résidences, nos vénérables Frères les patriarches, arche-

vêques et évêques, appelés par droit ou par privilège
à siéger et à donner leur avis dans les conciles généraux, viennent à ce concile œcuménique convoqués
par nous, et ce, sous les peines portées par le droit ou
la coutume, contre ceux qui ne se rendent pas aux
conciles, à moins qu'ils ne soient retenus par quelque
empêchement, dont ils auront à justifier au concile
lui-même. »

Ainsi appelé par le chef suprême de l'Eglise,
Mgr Mermillod vint au concile comme juge et comme
témoin de la foi. A peine était-il arrivé que Notre Saint-
Père le Pape le manda auprès de lui, ainsi que
Mgr Manning, archevêque de Westminster. Sa Sainteté
les reçut tous deux avec l'affabilité la plus tendre, les
loua de leur courage et leur dit combien il était heureux de voir en ce moment-là, à Rome, deux pasteurs
gouvernant les églises des deux diocèses qui n'avaient
pas été représentés au concile de Trente : Londres et
Genève.

Sept cent soixante-sept évêques assistaient au concile. C'était beaucoup plus qu'on n'en avait compté à
aucun des conciles généraux précédents : on y voyait,
non sans un sentiment d'admiration étonnée, les
évêques de la Chine et ceux des Indes, les évêques de
l'Amérique tout entière, les évêques de l'Afrique e
ceux de l'Océanie mêlés aux évêques de notre vieille
Europe.

La vénérable Assemblée s'ouvrit au jour fixé, et

Pie IX, après la messe célébrée par un cardinal, exprima sa joie du spectacle auguste qu'il avait sous les yeux et mit les travaux des Pères sous la protection de la Vierge immaculée.

L'évêque d'Hébron était là, assistant, uni d'esprit et de cœur, « à cet acte prodigieux, le plus grand par son côté moral qui se puisse imaginer. »

Les controverses soulevées dans cette imposante assemblée au sujet de l'infaillibilité du Pape, tinrent son oreille et son cœur en éveil; il attendait l'oracle de vérité et appelait de ses vœux la définition de cette croyance générale de l'Eglise. Mais la gravité de ses études sur ces questions dogmatiques ne l'empêcha pas de s'adonner entre temps à sa chère œuvre de la prédication. A peine était-il à Rome depuis quelques jours que nous le trouvons prêchant les exercices du Jubilé aux zouaves pontificaux dans l'église de San-Stefano. Un soir l'orateur recommandait aux prières de son auditoire, madame de Maistre, la fille du grand soldat La Moricière, que l'on savait gravement malade. Au moment où ces braves jeunes gens venaient de réciter pour la jeune femme le *pater* et l'*ave*, elle rendit le dernier soupir et son âme monta vers Dieu entourée de ces fraternelles prières.

Le lendemain, aux approches de la nuit, les militaires attendaient de nouveau l'orateur à Saint-Philippe de Néri. C'est une église vaste et somptueuse, pleine des souvenirs de ce grand saint. Les zouaves arrivaient,

s'approchaient de leurs places d'un pas lent : ils étaient
tous Français, et s'agenouillaient tous. Leurs sabres
battaient le pavé et ce cliquetis des armes se mêlait,
sans le troubler, au recueillement de la piété chrétienne.

Enfin Mgr Mermillod parut dans la chaire et après
avoir, d'une parole facile, éloquente, pleine de charme
et de grandes pensées, expliqué à son auditoire comment la foi, la pureté et le sacrifice sont les trois vertus nécessaires au soldat, il exalte l'héroïsme chrétien,
l'amour de la sainte Eglise de Dieu, le dévouement de
ses enfants. « Ah! messieurs, s'écrie-t-il, savoir mourir! là est notre force et le secret de nos triomphes. »

Et revenant à l'événement douloureux de la veille,
il ajoute : « Je ne terminerai pas sans vous dire quelques mots de ce grand deuil qui, depuis hier, attriste
nos âmes. Une jeune et suave fleur vient d'être cueillie
par les anges ; elle portait deux noms qui l'environ-
naient d'une grande gloire : celui de cet illustre et im-
mortel publiciste qui a si bien défendu l'Eglise par sa
plume et son intelligence, et celui de ce grand soldat
qui fut votre premier père et restera votre première
gloire. Nous assisterons demain à ses funérailles au
Gésu... Enlevée dans la fleur de ses dix-neuf ans, par
un mystérieux dessein de Dieu, elle est allée rejoindre
au ciel son illustre père, et servira comme lui d'avocat
pour le triomphe de vos désirs et de notre cause. »

. L'orateur était vivement impressionné ; il se souvenait qu'un jour dans l'église de Sainte-Clotilde, à Paris, il avait salué dans les rangs de son auditoire l'heureux vainqueur de Constantine, le glorieux vaincu de Castelfidardo. Le nom de La Moricière faillit lui échapper, il le retint sur ses lèvres, mais, arrêtant avec respect son regard sur ce défenseur de Pie IX, il cria à la jeunesse française, qui l'écoutait, haletante et subjuguée, ces paroles de la duchesse de Parme : « Allez à la défense d'un saint, sous la conduite d'un héros. »

Le noble Breton accepta, avec une touchante simplicité, cet hommage public rendu à son dévoûment, mais il était ému et de grosses larmes tombèrent sur son mâle visage.

Mgr Mermillod se fit entendre encore pendant l'octave de l'Epiphanie, dans la grande et belle église de *Santa-Andréa della Valle* qui se trouve placée au centre de Rome. Chaque année, durant cette magnifique octave, le saint sacrifice y est célébré dans tous les rites et la vérité de l'Evangile prêchée dans toutes les langues de l'Europe. Jamais chaire chrétienne n'avait ouï plus nombreux et plus illustres orateurs et, au milieu de toutes ces splendeurs, l'évêque d'Hébron eut assez de talent pour se faire remarquer encore et admirer du plus auguste auditoire qu'aucune ville du monde ait jamais pu fournir. Des évêques, des prêtres savants, des princes, les plus beaux noms de l'Europe furent séduits et charmés.

Bien d'autres fois depuis, l'auxiliaire de Genève prêcha dans différentes églises de Rome et toujours avec
éclat. « Grâce à son étonnante activité, écrivait de lui,
à cette époque, Louis Veuillot, grâce à son étonnante
activité qui lui permet d'être en même temps en tous
lieux et à toutes choses, Mgr Mermillod pourrait se dire
auxiliaire universel. Frêle d'apparence, jeune d'esprit
et de visage, jeune encore dans l'Episcopat, il tient
une grande place dans le Concile, et l'Eglise n'a peut-
être pas d'ouvrier qui se dépense davantage. Dans le
train ordinaire de sa vie, lorsqu'il n'a que son diocèse
à gouverner, ses églises à bâtir, ses maisons religieuses
à pourvoir, ses innombrables pénitents à confesser,
ses innombrables correspondants à satisfaire, ses innombrables questionneurs à éclairer, ses innombrables
visites à recevoir, il prêche au moins une fois par jour ;
lorsqu'il est dans quelque grande ville, au moins deux
fois ; à Paris, au moins trois fois, comptant pour rien
les réunions de piété, les conversations de salon et les
audiences qu'il donne en voiture d'un lieu à un autre.

« Obligé de prêcher pour reconstruire et doter toute
une église, il s'est fait un moyen d'étude, de
liberté et d'apostolat de cette nécessité sous laquelle
un autre serait écrasé. Ici les travaux du concile ajou-
tés à tant de lourdes besognes ne l'empêchent pas de
prêcher, et la foule accourt à ses instructions. Il les
donne d'un esprit libre, clair et ardent, en prêtre qui
n'a pas d'autre souci que de méditer la loi de Dieu et

de considérer l'état et les besoins des âmes. Mais ce qui fait l'attrait particulier de sa parole, c'est qu'il ne néglige pas les choses extérieures et immédiates. On est assuré de recevoir de lui la lumière la plus juste sur l'objection courante. Il en tire un argument pour la vérité, une raison de croire, d'espérer et d'agir.

» Sans cesser d'être un orateur sacré, sans rien dire jamais qui ne soit digne de la chaire et qui n'aille aux vérités éternelles, Mgr Mermillod est véritablement un orateur politique, un polémiste très alerte et très expert. Il prouve ainsi que la vérité de tous les temps fait seule l'homme « de son temps »... « L'homme de la vérité, l'homme du Christ est l'homme d'aujourd'hui parce qu'il est comme le Christ d'hier et de demain. Connaissant bien les erreurs de son temps, Mgr Mermillod leur applique la lumière de tous les temps, et en quelques mots il leur dit d'où elles viennent, il nous dit où elles vont ; malgré l'habileté de leurs déguisements, elles sont connues et nous sommes prévenus. »

Plus tard le rédacteur de l'*Univers* complète ainsi ce portrait : « Mgr Mermillod est une tête admirablement ouverte, et de celles qui ont le plus d'avenues sur tous les horizons. Tout y entre, tout en sort et tout y demeure. Montaigne se plaignait de n'avoir point de *gardoire*, l'évêque d'Hébron a été organisé, Dieu merci, pour se souvenir. C'est l'apologétique faite homme, et faite homme pour le temps présent, où il

est plus trempé que qui que ce soit au monde. Après
le Pape, personne peut-être n'a plus vu de gens que
Mgr Mermillod, et il en a vu et manié que Pie IX
n'a point connus de si près. Placé dans cet ob-
servatoire de Genève où tout le monde passe, et obligé
par les besoins de son Eglise de passer chez tout le
monde, doué d'une rare rapidité de conception, d'une
grande facilité de parole, d'une charmante aménité
de cœur, actif, dévoué, bien portant, libre dans le
monde européen de tout préjugé d'opinion et de toute
entrave de parti, libre comme le bon prêtre qui veut
et qui peut honorablement prendre des amis partout,
il a par excellence la qualité requise de ceux qui veulent que le prêtre soit « homme de son temps ». Nul
prêtre, nul homme n'est plus que lui de son temps. Il
lui a tâté le pouls tous les jours, il a lu tous ses journaux, il connaît le principe, la marche et le langage
de toutes ses fièvres et ne se laisse dégoûter ni dé-
sespérer par aucun de ses délires. Comparés à
Mgr Mermillod, quels rétrogrades, quels renfermés et
quels murés dans un autre temps, que ces prétendus
hommes du présent, qui emploient leur vie à secouer,
rapetasser et repasser du vieux linge ! »

Le grand évêque de Poitiers, Mgr Pie, qui, à
tant de titres, était cher à Mgr Mermillod, occupait
une place d'honneur dans l'assemblée conciliaire
et exerçait une influence prépondérante ; il venait

A Génève, la bonté miséricordieuse de l'Evêque fit des merveilles
pour venir en aide aux malheureux soldats. (Page 166.)

de présenter son rapport en congrégation générale aux applaudissements de tous : son ami, l'évêque d'Hébron lui écrivit aussitôt pour le féliciter : « Vous avez donné au Saint-Père, pour son jour de naissance un magnifique témoignage de dévouement éclairé et puissant. Vous avez soulagé les cœurs, vous avez mis en lumière la révélation et la vie de l'Eglise ; en quelques mots vous avez dissipé les brouillards gallicano-tudesques. Merci ! Vous avez écrit une belle et grande page du Concile. Votre parole a été à la hauteur du grand sujet qui en était le thème, à la hauteur du lieu. C'était un accent de saint Hilaire qui devait retentir près de la chaire de saint Pierre. Merci. Permettez que l'humble successeur de saint François de Sales, que vous aimez un peu, vous répète ces mots de l'évêque de Genève à son ami l'évêque de Saluces : « *Tu sal et lux es.* »

Le 18 juillet 1870, l'infaillibilité du pape, parfaitement entendue et précisée, fut solennellement proclamée à Saint-Pierre, par l'unanimité des Pères présents moins deux, qui allèrent, l'un le même soir et l'autre le lendemain matin, déposer leur acte de foi aux pieds du Souverain Pontife.

Après avoir pris connaissance du résultat des suffrages, le Pape, debout, la tiare en tête, proclama et sanctionna le dogme de son autorité suprême.

A ce moment il se fit un tel mouvement dans l'as-

semblée, une telle explosion de cris : « Vive Pie IX,
vive le Pape infaillible! » que le Saint Père dut attendre
un peu de silence. Quand il reprit la parole, le ton-
nerre qui grondait sourdement sur Rome depuis le
matin, éclata subitement et ébranla les voûtes de saint
Pierre ; un immense éclair enveloppa toute l'assistance
« J'étais là, écrit Mgr Gay, évêque d'Anthédon, et je n'ai
vu de ma vie un spectacle aussi saintement émouvant.
L'effroyable orage qui grondait pendant que Pie IX
parlait, donnait au trône d'où il prononçait la définition l'apparence du Sinaï. » Tout à coup aux derniers
mots, un grand calme se fit et un rayon de soleil se
jouant à travers les vitraux antiques, vint éclairer en
plein le noble et doux visage de Pie IX, au moment où
il entonna le *Te Deum*. Le chant enthousiaste des
évêques et de la foule couvrit le chœur de la chapelle
Sixtine.

Toutes ces scènes d'une sublime beauté avaient
développé encore, s'il était possible, l'amour de
Mgr Mermillod pour la sainte Eglise et pour Pie IX :
jusqu'à la dernière heure, il en garda le souvenir fécond et fortifiant.

Le lendemain, 19 juillet, commençait la terrible
guerre franco-allemande; deux mois plus tard les Pié-
montais entraient dans Rome, la garnison française
était rappelée et le Pape, prisonnier, ne pouvait plus
offrir aux évêques l'hospitalité de sa capitale. Le con-

cile fut donc forcément interrompu et la reprise de ses travaux indéfiniment ajournée.

Les prélats, attristés par les cruels événements qui se succédaient, reprirent le chemin de leur patrie et allèrent promulguer dans leurs diocèses les décrets du concile. Tous, sans en excepter un seul, avaient accepté la définition doctrinale de l'Infaillibilité du pape.

L'évêque d'Hébron revint dans sa chère Genève et annonça, malgré l'hostilité évidente de son gouvernement, la nouvelle définition du dogme. Il en fit la proclamation le 15 août, du haut de la chaire de Notre Dame. Puis, dans une chaleureuse allocution, il développa cette triple pensée :

Quel est le sens du dogme défini?

Quelle en est la vérité ?

Quelle en est l'utilité ?

Déjà le dimanche précédent, dans la même église, il avait fait entendre ces paroles :

« Au concile, entendez-le bien, nous travaillions avec liberté, mais aussi avec intelligence, car nous connaissons notre époque... Nous entendions les bruits des journaux, les clameurs de la foule ; mais nous regardions le monde moderne et nous ne voyions plus que deux forces debout : le Peuple et l'Église, le peuple allant de la barbarie à la féodalité, de la féodalité à la liberté, l'Eglise pour le diriger et pour le sauver... »

Les protestants se montrèrent irrités, mais on était alors trop absorbé par les désastres du pays voisin pour élaborer en ce moment un plan d'attaque. La malheureuse France humiliée et vaincue avait vu une partie de ses enfants trouver un asile sur le territoire suisse. L'armée de Bourbaki, contrainte de franchir les frontières pour ne pas tomber entre les mains de l'armée allemande, fut accueillie avec toute la sympathie qu'inspire le malheur. Les 80,000 hommes, dont se composait cette armée, exténués par le froid, la fatigue et la faim, furent répartis dans les différents cantons de la Suisse et rencontrèrent partout l'hospitalité la plus empressée. A Genève, la bonté miséricordieuse de l'évêque fit des merveilles pour venir en aide aux malheureux soldats. Il multiplia les œuvres de charité, provoqua les aumônes, centupla les secours et sut trouver un adoucissement pour toutes les souffrances. Mais, au milieu des poignantes douleurs, dont il était entouré, il n'oubliait pas une autre noble et auguste infortune. La pensée de Pie IX prisonnier dans Rome pesait lourdement sur son âme : à l'anniversaire du jour, où, six ans auparavant, il était à genoux aux pieds de Pie IX, courbé sous sa main et recevant l'onction sacrée, il convoqua dans son église de Notre-Dame tous les catholiques de Genève. Les foules répondirent à l'appel du vaillant évêque et le soir à 8 heures les trois nefs de l'Église étaient remplies ; des hommes de toutes les nations se pressaient dans le chœur.

Monseigneur monta en chaire, pâle, ému, l'œil étincelant. Après avoir promené ses regards sur l'assemblée, il prit en main le Pontifical Romain, l'ouvrit lentement, solennellement, et commença ainsi : « Il y a six ans, prosterné aux pieds du Souverain-Pontife Pie IX, je recevais de sa main l'onction épiscopale et je prêtais le serment suivant... » Le prélat lut alors la formule même du serment qu'il avait prononcé au jour de son sacre et ajouta, accompagnant sa parole d'un geste inimitable : « J'ai prêté ce serment et le Pape est prisonnier ! »

« Ce n'est pas un discours que je viens vous faire, continuait l'évêque, c'est un cri d'indignation et d'amour qui s'échappe de mon cœur. A titre d'évêque et comme chargé du salut de leur âme, je viens dire à tous les catholiques de Genève : Vous devez être dans le deuil, dans les larmes et dans les prières, parce que Pie IX est prisonnier !... Il y a quinze jours j'ai envoyé un de mes prêtres à Rome ; il est revenu hier m'apporter une lettre dont Pie IX a daigné m'honorer et l'admirable pontife confirme de sa main qu'il est *prisonnier !*

» Prions, unissons nos voix, qu'un cri s'élève de cette enceinte, qu'il aille de Genève à Rome, de cette église au Vatican, un cri de sympathie, un cri d'amour, un cri d'espérance. »

Et ces sentiments éclatèrent dans l'ardente *amende honorable,* prononcée par le prélat, devant le Très

Saint Sacrement exposé à la vénération des fidèles.

Hélas! la protection divine avait été retirée à la
France le jour où elle-même avait retiré sa protection au Vicaire de Jésus-Christ : l'auguste captif
voyait de loin les fils de celle qu'on avait appelée la
grande nation, captifs à leur tour dans les forteresses
allemandes. L'épiscopat de l'Europe s'émut de leur
situation ; de toute part s'organisa une sainte croisade
de la charité ; on ouvrit des souscriptions, on fit des
quêtes pour leur porter secours, mais en cherchant à
subvenir aux besoins matériels des malheureux, on
n'oublia pas leur âme. L'évêque d'Hébron, comprenant
que sa présence dans un état neutre lui laissait plus
qu'à tout autre le noble privilège d'adoucir les maux
produits par la guerre et d'écarter les sentiments de
haine réciproque qui élevaient entre les peuples une
insurmontable barrière, s'employa activement à envoyer aux prisonniers des prêtres connaissant les deux
langues, rassurant ainsi les évêques français, les au-
môniers militaires et les familles inquiètes. Cette
guerre sanglante, si prolongée, lui imposait une grande
mission pacifique qu'il sut remplir avec tendresse et
impartialité.

Mais Dieu n'est pas toujours irrité contre son peuple :
des instants de joie devaient se mêler aux heures de
tristesse, et le jour, unique entre les siècles chrétiens,

où le Pape accomplit les années de Pierre s'était levé sur le monde. L'univers catholique tressaillait au vingt-cinquième anniversaire de l'élévation de Pie IX. L'enthousiasme et l'amour se disputaient les cœurs, mais l'amour devait l'emporter et comme toujours s'exprimer dans le silence des sacrifices mystérieux qu'aucun des cris d'allégresse ne pouvait redire au monde. Si cette fête dut avoir à Rome un caractère d'intimité exigé par l'attitude de la Révolution, les cœurs n'y perdirent rien, et Pie IX n'en sut que mieux combien il était aimé.

« J'ai passé toute la matinée au confessionnal, racontait un prêtre dévoué, et jamais larmes plus douces n'ont coulé de mes yeux. J'entendais des paroles d'un amour extrême pour le Pape ; des jeunes gens demandant la faculté d'offrir à Dieu leurs jours pour prolonger les jours de Pie IX ; des jeunes filles voulant jeûner au pain et à l'eau, à partir du 15 juin, durant toute leur vie, afin que Pie IX voie le triomphe de l'Eglise.

» A l'une je disais :

» — Vos parents ne le permettraient pas.

» — Ils jeûneront avec moi, c'est convenu.

» A l'autre :

» — Vous prendrez un époux, et il ne le souffrira pas.

» — Je ne voudrais pas d'un tel époux.

» — Comment, disais-je à un jeune homme, comment

pouvez-vous renoncer au bien que Dieu vous donnera
de faire ?

» — Et les occasions de faire le mal que j'éviterai,
mon père ! D'ailleurs pourquoi ne sacrifierais-je pas
mon obscurité pour prolonger la splendeur de Pie IX ?

» Un pauvre enfant m'a dit :

» — Tout le monde donne quelque chose à Pie IX ;
mais je n'ai que ma vie, pourquoi ne la donnerais-je
pas ? »

Si l'on rencontrait de tels élans d'amour filial chez
d'humbles enfants de Pie IX, que dire de celui qui fut
l'un de ses fils de prédilection, son frère dans le sacerdoce, son ami de cœur ? Lui aussi avait trouvé tout
près de lui des victimes volontaires s'immolant devant
Dieu pour le triomphe de l'Eglise et la prolongation
des jours de Pie IX. « Des campagnes les plus reculées
jusqu'aux cités les plus populeuses, écrivit-il dans une
circulaire à son clergé, la prière s'élève unanime et
monte vers Dieu pour l'illustre Pontife. Les faits les
plus héroïques de l'histoire se renouvellent et ce qui
eut lieu sous Alexandre VII se reproduit sous nos
yeux.

La peste décimait la ville de Rome : une jeune fille,
pensionnaire au couvent de la Visitation, s'offrit au ciel
pour obtenir que le pape fût épargné. Dieu entendit
sa prière ; elle mourut victime et Alexandre VII fut
sauvé.

Il y eut fête le 16 juin 1871, et grande fête dans l'âme

de l'évêque et dans son église de Notre-Dame. Toutes les préoccupations, les inquiétudes, les douleurs du présent furent suspendues; on oublia tout, excepté le bonheur de vivre sous la houlette du saint Pontife de Rome.

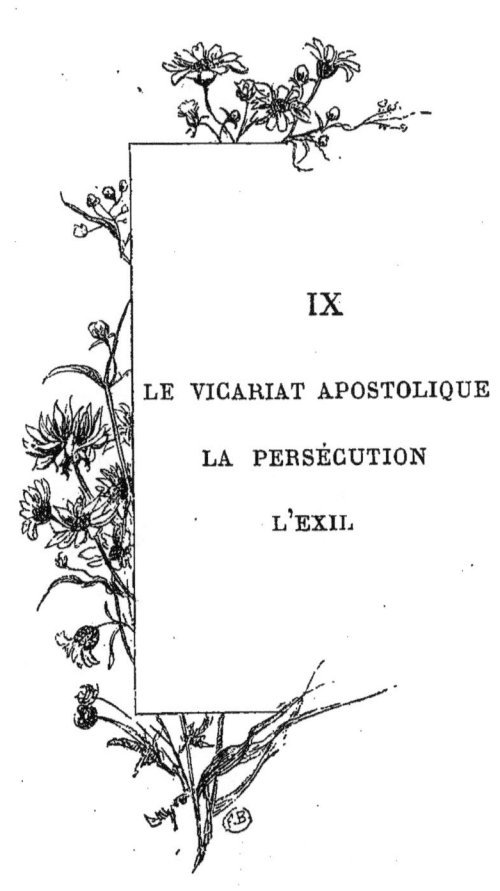

IX

LE VICARIAT APOSTOLIQUE

LA PERSÉCUTION

L'EXIL

CHAPITRE IX

VICARIAT APOSTOLIQUE. — LA PERSÉCUTION. — L'EXIL.

E sursis laissé à Mgr Mermillod par les événements de 1870 ne devait pas être de longue durée. L'arrivée au pouvoir de M. Carteret, un protestant haineux, fut le signal d'un mouvement d'hostilité contre lui. Par lettre du 30 août 1872, le conseil d'État enjoignit à Mgr Mermillod de s'abstenir de toute fonction épiscopale. On avait pensé intimider 'évêque et lui arracher par surprise un acte de faiblesse : on s'était trompé, on eut recours à la violence. Par deux décrets datés du mois de septembre, le conseil d'État supprimait le traitement du curé de Genève et le *destituait*.

Le clergé catholique se groupa plus énergiquement

autour du pasteur persécuté, et devant la persistance du gouvernement genevois à entraver le ministère de Mgr Mermillod et son refus d'entrer en négociation, le Saint-Siège se vit obligé de pourvoir, par un nouvel ordre de choses, aux besoins des catholiques de Genève : il nomma l'évêque d'Hébron vicaire apostolique.

Le Bref instituant cette dignité, daté du 16 janvier 1873, fut communiqué au conseil d'État de Genève le dimanche 2 février.

A cette nouvelle le chef du gouvernement entra dans une véritable fureur et le soir même, dans une séance extraordinaire convoquée à la hâte, il proposa de faire immédiatement jeter en prison Mgr Mermillod. Cette proposition fut repoussée, on résolut de temporiser, et il fut convenu que le conseil d'État de Genève sommerait l'évêque d'Hébron de déclarer s'il persistait à remplir ses fonctions de vicaire apostolique où s'il consentait à y renoncer.

La réponse de l'évêque ne se fit pas attendre ; le samedi, 15 février, avant midi, elle fut déposée à la chancellerie du conseil d'État ; il y démontrait que la dignité de vicaire apostolique ne porte atteinte à aucun des droits de l'État, et disait avec une ferme dignité qu'il resterait fidèle au grand principe qui a été et qui est encore celui de toutes les libertés civiles et politiques : « Rendez à César ce qui est à César et à Dieu ce qui est à Dieu. »

Il monte à l'appartement de l'évêque et le trouve entouré de ses
prêtres. (Page 180.)

12

A la séance du grand conseil, qui eut lieu l'après-midi du même jour, M. Carteret annonça que des mesures seraient prises par la Confédération.

L'évêque convoqua son clergé, lui donna ses directions et désigna ses fondés de pouvoir pour le cas où il serait emprisonné ou banni. « Je suis prêt à tout, disait-il à ses prêtres, pour Dieu, pour les droits de l'Église, pour sauvegarder la liberté des catholiques. Surtout, si je suis mis au secret, on publiera peut-être des paroles ou des faits, pour faire croire que j'ai fléchi ; n'en croyez rien, et détrompez au besoin vos populations. N'admettez que ce qui vous sera certifié par le canal de l'autorité ecclésiastique. »

Peu après, un pacte était conclu entre le conseil d'État de Genève et le président de la Confédération et l'on apprit qu'un décret d'exil avait été porté, par le conseil fédéral, contre le vicaire apostolique.

L'année 1873 s'ouvrait avec son cortège d'attentats inouïs : le Kulturkampf, inspiré par l'Allemagne, éclata comme un orage. Dans toute la Suisse, les protestants coalisés avec les libres-penseurs prirent prétexte de la promulgation du concile du Vatican pour opprimer les minorités catholiques fidèles à leurs évêques et à Pie IX. Ils s'efforcèrent d'organiser la secte des *vieux catholiques* et de la faire prépondérer, en lui attribuant les droits et les biens des vrais catholiques.

Le dévoûment du clergé et la constance des fidèles

déjouèrent ce calcul : pas un apostat ne s'est rencontré
dans le clergé de Berne, ni dans celui de Genève, qui
ont le plus souffert.

La série des mesures persécutrices s'était ouverte
par la sécularisation de l'abbaye de Notre-Dame de la
Pierre dans le canton de Soleure et par la confiscation
de l'église de Zurich, qui fut dévolue aux vieux catholiques. La destitution de Mgr Lachat, évêque de Bâle,
et l'expulsion de Mgr Mermillod, suivirent de près ces
premiers actes de violence.

Un dimanche soir, l'évêque d'Hébron reçut ino-
pinément la visite d'un de ses amis. « Quelle grave
affaire vous appelle à Genève ? » demanda Sa Grandeur.

— Je crains que vous ne soyez arrêté, répondit le
voyageur, et je suis venu, poussé par l'inquiétude.

— Non, dit l'évêque, pas aujourd'hui, mais peut-être
dans quelques jours. Venez dîner avec moi demain,
nous causerons.

Le visiteur fut fidèle au rendez-vous, mais quand il
arriva, vers midi, il fut frappé de l'agitation singulière
qui régnait dans la maison.

Un gendarme se tenait à la porte. Devinant que ses
pressentiments ne l'avaient pas trompé, il l'interroge :
« On arrête Monseigneur », lui répondit-on. — C'était
le lundi 17 février.

Il monte à l'appartement de l'évêque et le trouve
entouré de ses prêtres. Le commissaire de police était

là, et le vicaire apostolique lui lisait, d'une voix calme, la protestation qu'il venait de rédiger. Les ecclésiastiques présents la signèrent et Sa Grandeur se disposa à suivre le commissaire, mais avant de partir il demanda la permission d'aller faire ses adieux à Notre-Dame, qu'il ne devait plus revoir.

Le prélat se prosterna au pied de l'autel et baisa les dalles du temple.

Quand il sortit, une voiture l'attendait ; il y monta, enveloppant d'un long regard le pays qu'il aimait.

Ce coup de main avait été exécuté avec tant de célérité que les catholiques n'apprirent la douloureuse nouvelle qu'après la consommation de l'attentat. Le soir ils se réunirent, tristes et irrités, à Notre-Dame, où ils chantèrent le *Miserere*. L'église était comble : le recteur de la paroisse leur adressa quelques paroles d'espoir et de consolation et les exhorta au calme et à la confiance.

Pendant ce temps l'illustre et miséricordieux proscrit suivait le chemin de l'exil. Arrivé près du poteau qui indique la démarcation de la frontière suisse, il fit arrêter la voiture qui le menait sur le territoire étranger et descendit, malgré les instances des policiers de M. Carteret, qui voulaient le forcer à continuer. « Non ! répondit l'évêque, votre voiture est une prison, elle ne doit pas souiller le sol hospitalier de la France ! »

Au moment où il mettait le pied sur le territoire

français, le prélat banni ne savait en vérité où diriger ses pas. Il suivit machinalement la grand'route qui mène à Paris. C'est ainsi qu'il arriva à Ferney (1), petite localité de la frontière de Savoie, d'où il pouvait voir encore la cité qui le repoussait. Son cœur et sa foi le conduisirent d'abord à l'église paroissiale pour y saluer l'hôte du sanctuaire.

Le curé supplia l'exilé d'agréer la modeste hospitalité qu'il lui offrait. Mgr Mermillod accepta et vint aussitôt se reposer dans l'humble presbytère. Il raconta alors comment, le matin même, il avait lu dans un journal belge un télégramme relatant son arrestation et annonçant son envoi à la frontière comme un fait accompli.

Très surpris, son premier mouvement avait été d'envoyer un télégramme à ses chers amis de Gand, pour démentir la nouvelle, mais au moment où il remettait la dépêche à un domestique qui devait la porter au télégraphe, le commissaire chargé de le conduire à la frontière entrait dans son cabinet.

Ce commissaire *protestant* était fort embarrassé de son rôle. Il avait conscience de servir d'instrument à une iniquité. Son embarras devint du trouble lorsque le prélat lui dit : « Je ne céderai qu'à la force et vous me mettrez la main au collet. »

Le pauvre policier supplia l'évêque de ne point le

(1) Chef-lieu de canton, dép. de l'Ain, arr. de Gex.

réduire à mettre la main sur lui : « Dieu maudirait ma famille ! » s'écria-t-il. Par charité, Mgr Mermillod consentit à l'en dispenser.

A peine la retraite de l'évêque de Genève fut-elle connue, que des visiteurs accoururent de toute part auprès de l'auguste banni : un des vicaires chargé de tenir le registre des visiteurs en eut bientôt inscrit huit mille. Le travail devenait pénible, absorbant, il fallut y renoncer. Quelques jours plus tard, la maison qui avait appartenu à madame Denis, la nièce de Voltaire, fut mise à la disposition de l'évêque qui s'y installa et rendit ainsi le calme au modeste presbytère. Les visites continuèrent à affluer, ce fut un véritable assaut, et ce ne furent pas seulement les catholiques qui envoyèrent à l'exilé leurs respectueuses et affectueuses protestations : un grand nombre de chrétiens séparés voulurent décliner toute responsabilité dans l'acte brutal commis par le fanatisme envers l'un des hommes les plus connus et les plus justement aimés de l'Europe civilisée.

Au milieu de toutes ces marques de sympathie, celle qui fut sans contredit la plus chère au cœur du prélat fut le message apporté à Ferney par un gentilhomme de la maison de Pie IX. Le Saint-Père, dans une lettre entièrement écrite de sa main, exprimait à Mgr Mermillod l'estime la plus consolante et la plus douce affection.

Un jour, trois mille diocésains vinrent à ses pieds

demander une bénédiction. Les enfants de Carouge, son pays natal, offraient à l'évêque un gros bouquet et cette courte adresse, touchante dans sa simplicité :

« Monseigneur ! Jésus-Christ a dit : Laissez venir à moi les petits enfants.

» Nous venons à vous dans notre douleur ; nous ne pouvons, avec nos regrets, vous offrir qu'un modeste bouquet.

» Il restera auprès de vous, pendant que seuls et privés de notre bon pasteur, nous retournerons dans nos familles désolées.

» Veuillez l'accepter et nous bénir. »

Et l'évêque bénissait, ouvrait son cœur, et des paroles pleines de mélancolie tombaient de ses lèvres. « On m'a accusé de troubler le pays par mon ambition, disait-il. Ah ! toute mon ambition a été de bâtir des églises pour la prière, des hôpitaux pour les souffrants, des écoles pour l'instruction du peuple, mendiant sur tous les chemins de l'Europe, en disant que Genève était la terre du droit et de la liberté. Et cette ambition m'a conduit dans l'exil, où vous venez m'entourer.

» On m'a demandé de renoncer aux fonctions de vicaire apostolique que le Pape m'a confiées pour vos âmes et vos consciences. Quand, en Chine ou au Japon, un vicaire apostolique veut entrer sur la terre que le chef de l'Eglise lui ordonne d'aller évangéliser, on lui demande, pour lui laisser franchir la frontière, de marcher sur le crucifix. Eh bien ! est-ce que je puis marcher sur le crucifix, sur la liberté de vos âmes pour repasser les frontières de mon pays?

» La France, ce pays hospitalier, m'ouvre ses bras ; le curé de cette ville, les autorités supérieures et locales m'entourent de leur cœur et de leurs tendresses; plusieurs évêques, de nobles familles m'offrent leurs palais pour résidence.

» Mais non. Je veux rester à la frontière pour vous aimer... Oui, j'ai emporté dans mon cœur l'amour de ma patrie, et, par-dessus les frontières qu'il m'est interdit de franchir, je lui envoie du fond de mon âme des bénédictions que rien n'arrêtera. »

Il se passait alors des scènes indescriptibles d'enthousiasme plein de dignité et de joie voilée de tristesse.

Quand, le soir, un peu de calme s'était fait, le prélat, fatigué et consolé, reprenait sa promenade silencieuse, solitaire, et cherchait encore du regard sa chère Genève. La ville ingrate et toujours aimée se déroulait à ses yeux et presque à ses pieds, agitée, houleuse, éclairée par les mille flambeaux de la nuit; il s'arrêtait alors, pleurait sur elle, comme autrefois Jésus sur Jérusalem : puis, sa main s'élevait et des paroles de bénédiction et de tendresse tombaient de ces lèvres qui tant de fois s'étaient ouvertes pour l'appeler à la vérité.

Un jour le doux exilé, accompagné de Mgr de La
Bouillerie, s'était avancé jusqu'à la frontière suisse ;
il s'arrêta brusquement en face du village génevois de
Collex-Boissy, dont il avait consacré la belle église
l'année même de son sacre : « Cher Seigneur, dit-il,
vous pouvez aller faire, si vous le voulez, votre visite
au Saint-Sacrement dans cette église, moi je ne le puis
pas. Le curé et le maire sont déjà venus plusieurs fois
pour me prier de franchir cette frontière isolée, et
d'entrer pour quelques instants à Collex, où la population tout entière désire ma présence et ma bénédiction. Je m'y suis refusé, ne voulant pas pénétrer sur
cette terre, qui de droit divin est mienne, à la dérobée,
comme un malfaiteur, et je leur ai dit : « Je ne puis
» aller chez vous que la mître en tête et la crosse en
» main. »

La frontière du reste ne pouvait empêcher Mgr Mermillod d'exercer sa charge épiscopale. Durant la première année de son exil, toutes les paroisses vinrent
successivement à la frontière recevoir sa visite. La
configuration du canton se prêtait admirablement à
ces saintes démonstrations : des foules recueillies se
transportaient à la frontière de Savoie et, dans l'église
la plus rapprochée, Monseigneur venait donner la confirmation aux enfants. La première cérémonie de ce
genre eut lieu à Saint-Julien le 18 mai 1873. Pour s'y
rendre, l'évêque dut contourner la frontière cantonale
à travers tout le pays de Gex, jusqu'au Fort-de-l'Ecluse,

et passant ensuite sur l'autre rive du Rhône, traverser quelques communes de la Savoie. Sur le fleuve un pont était en construction et l'une des arches inachevée remplacée par une planche suspendue sur les eaux. L'évêque traversa en souriant le pont improvisé, rappelant, avec son inépuisable esprit d'à-propos, comment saint François de Sales eut autrefois à franchir sur la Dranse des passages autrement périlleux, pour aller évangéliser le Chablais.

Ces tournées pastorales devenaient de véritables marches triomphales : les habitants des hameaux se plaçaient sur le passage du prélat, s'agenouillaient pour recevoir sa bénédiction : il y avait partout profusion de guirlandes et de véritables pluies de fleurs tombaient sur sa voiture; les cloches sonnaient à toute volée, les populations entouraient l'évêque et entraient à sa suite dans les églises de beaucoup trop petites pour la circonstance.

Monseigneur s'attendrissait et retrouvait ces inimitables accents qui faisaient pleurer les foules.

Hélas! toutes ces démonstrations de respect et d'attachement devaient faire déborder la colère du gouvernement génevois, et M. Carteret recourut au conseil fédéral pour faire adresser des réclamations au gouvernement français et demander l'internement de Mgr Mermillod à quarante lieues de la frontière génevoise. C'était inouï, et l'on ignore si, en face de l'indignation soulevée en France par cette nouvelle, la dé-

marche officielle, réclamée par M. Carteret, a été
réellement faite, mais ce projet prouve à quels excès
peut se porter un homme égaré par la passion confes-
sionnelle.

De Ferney Mgr Mermillod suivait avec une douloureuse anxiété les événements qui se précipitaient à
Genève. Le jour vint où Notre-Dame fut prise par les
schismatiques. A cette heure cruelle le R. P. Alfred
était à Ferney; de bon matin les deux frères avaient
dit la messe pour la conversion des prêtres apostats
qui souillaient par leur présence le sol génevois. Vers
sept heures la triste nouvelle arriva; l'évêque garda son
calme, mais il pria longtemps. L'église de Saint-Germain fut de même enlevée aux catholiques et on les
déposséda ainsi peu à peu — le plus souvent avec
effraction et à l'aide de fausses clefs — de toutes les
églises des villes et des villages, cédés à Genève
en 1815, et auxquels la Suisse, en les recevant de la
France ou de la Savoie, avait garanti solennellement
la liberté du culte catholique.

A cette même époque le Jura bernois subissait la
même tyrannie. Les soixante-neuf curés de ce petit
pays ayant déclaré par écrit qu'ils restaient fidèles à
leur évêque, furent immédiatement suspendus de
leurs fonctions, chassés de leurs cures et enfin du territoire suisse au mépris de *l'acte de réunion de 1815*,
par lequel, en incorporant à la Suisse le Jura, auparavant français, on s'était engagé envers la France à

un respect entier de la liberté du culte catholique. Des voix indignées s'élevèrent, mais on leur répondit par l'amende et la prison. Les prêtres bannis se réfugièrent à la frontière française, non loin de leur cher pays. « Ils sont là tristes, mais indomptables dans leur courage », écrivait un voyageur ; « ils étaient quatre-vingt-dix-sept au début ; après deux ans et demi, pas un n'a failli.

« Parfois ils franchissent, sous des déguisements qui les couvrent à tous les yeux, les frontières de France, et ils reparaissent quelques heures, pendant la nuit, au milieu de leurs troupeaux. Ils administrent les malades ; ils entendent quelques confessions ; offrent, dans le secret d'un grenier ou d'une cave, le saint sacrifice et disparaissent aux premières heures du jour. »

Les noms de Mgr Lachat et de Mgr Mermillod, les deux évêques exilés, se trouvaient sur toutes les lèvres et la divine auréole des persécutés enveloppait de rayons également purs les catholiques du Jura et ceux de Genève.

Ces derniers entièrement dépouillés de leurs églises durent songer à en bâtir d'autres. Deux nouveaux édifices s'élevèrent au sein de la ville, et l'inépuisable pourvoyeur fut encore et toujours Mgr Mermillod. Durant les dix années de son exil, trente églises ou chapelles s'élevèrent par ses soins dans les paroisses dépossédées par le schisme. Les frais de construction et d'aménagement furent énormes; il y eut plus de cent mille francs annuellement dépensés et ce fut l'évêque qui, demandant à sa parole d'émouvoir de nouveau les cœurs catholiques, provoqua en France et en Belgique des dons qui firent face à tout.

Son activité, stimulée par les difficultés de l'heure présente, tenait du prodige; il lui arrivait de prêcher cinq ou six fois dans une même journée, sans nul souci de sa gorge endolorie, de sa poitrine fatiguée. « Monseigneur, lui disait son secrétaire, vous êtes malade, il faut vous reposer. »

« Nous aurons l'éternité pour nous reposer », répondait le vaillant ouvrier de l'Évangile.

C'était l'écho de cette autre parole qu'il disait, en des jours meilleurs : « Quand on souffre, on porte sa tête au pied du crucifix et l'on est soulagé. »

Pour lui aussi les excès dans le bien étaient chose sacrée et d'ailleurs il s'était promis de ne point prendre de repos sur la terre étrangère. Quand il avait revu à la frontière son cher peuple de Genève, quand il avait confirmé les enfants, il se remettait au travail de la prédication. Il n'y a pas en France dix diocèses qui ne l'aient entendu soit pour des retraites pastorales, des stations, des œuvres de charité ou de patronage, des oraisons funèbres, des panégyriques, des vêtures; partout cet admirable semeur de la vérité ravissait, enthousiasmait, passionnait, et les échos de sa parole toujours persuasive, suave, entraînante, vibraient encore dans une cathédrale, que déjà il était en route vers une autre cité.

Un jour il arriva à Bayonne : le chapitre de la ville, qui possède la crosse de saint François de Sales, eut l'heureuse inspiration de faire apporter à l'évêque exilé cette relique insigne. Il y posa pieusement les lèvres et tenant respectueusement d'une main le bâton pastoral de *son saint et son père*, il bénit de l'autre l'assistance émue jusqu'aux larmes.

A tous il prêchait la force et le courage chrétien, car son courage, à lui, ne faillit jamais, et nulle tristesse, nulle inquiétude ne furent capables de l'abattre; il ne voulait pas être plaint. « Je n'aime pas les saules pleureurs, disait-il, parce qu'ils ne portent pas de fruits, pas même de verges pour servir d'armes ou de bâtons. D'ailleurs tous les temps ont leurs tristesses; dans tous les siècles on a vu des pontifes en exil, des papes sur l'échafaud. Dans les premiers siècles surtout ce n'était pas commode : les trente-deux premiers papes moururent martyrs ; et certes, pour le trente-troisième, ce ne devait pas être une trop belle perspective. La robe de cardinal indique l'effusion du sang : c'est le signe de ce à quoi on peut être appelé un jour. Du reste qu'y a-t-il de si pénible à mourir d'un coup de sabre? Pour moi, j'y vois deux gros bénéfices : on s'épargne le purgatoire et on diminue les frais de canonisation. »

« C'est l'heure des grandes âmes. Si nous n'avions

pas eu de persécutions, nous n'aurions pas eu Pie IX.
Pie IX a grandi depuis sa captivité. »

C'était auprès de l'auguste Pontife que Mgr Mermillod venait renouveler sa provision d'énergie chrétienne. A Rome l'exil disparaît, c'est la grande patrie
des âmes, et la prédilection de Pie IX pour l'évêque de
Genève lui rendait ce séjour doublement attrayant.
Tandis que tant d'autres, et des plus aimés, devaient
solliciter des audiences, lui, au contraire, était toujours mandé auprès du Pape dès que sa présence à
Rome était connue. Et dans l'épanchement intime de
ces deux belles intelligences, quelle hauteur de vues,
quel souci des âmes ! Le Pape voulait savoir tout ce
qui se passait à Genève et l'évêque voulait raconter au
Pape les moindres détails de la persécution ; aussi
l'entrevue du mois de mars 1876 fut longue et spécialement affectueuse.

Quand Mgr Mermillod fut introduit, le Pape se leva,
lui ouvrit les bras et le tenant pressé sur sa poitrine :
Ecco il mio carissimo, dit-il. C'était le premier revoir,
depuis l'épreuve de cette persécution étrange qui,
selon la fine remarque du Souverain-Pontife, avait su
jeter un évêque de Calvin à Voltaire.

L'évêque d'Hébron offrit alors au Saint-Père de
superbes raisins envoyés par le curé de Fontainebleau.
Ces fruits provenaient de la vigne même où le pape
Pie VII aimait à en cueillir, durant son exil sous le
premier empire.

Il y posa pieusement les lèvres. (Page 191.)

Ce mois de mars si heureusement commencé devait
s'achever pour l'évêque dans une grande douleur : sa
bonne et sainte mère tomba gravement malade et cette
nouvelle jeta le trouble dans le cœur du prélat : il écrit,
télégraphie chaque jour, il supplie sa sœur de lui
donner des nouvelles. Ses lettres peignent trop bien
son affection et son respect filial pour que nous résis-
tions au désir de les citer en partie.

« Ma chère Jenny, écrivait-il de Rome le 22 mars, je
suis dans la plus cruelle angoisse. J'ai réclamé à plusieurs reprises les bénédictions et les prières du Pape ;
je fais multiplier les messes pour notre chère et bonne
mère. Qu'il m'est dur d'être loin ; il me semble que si
j'étais près d'elle, j'obtiendrais sa guérison. Je suis sûr
que tu mets tout ton cœur, tout ton filial dévouement
à le soigner. Joséphine et Marie t'aideront dans ce doux
et douloureux service.

» Dis à ma chère mère que je l'aime, que je pense à
elle, que je prie pour elle : que Dieu l'aide dans sa
souffrance, qu'il sanctifie sa maladie, qu'il la rende
à notre tendresse.

» A Dieu, que Notre-Seigneur nous aide ; mille tendresses à toi et aux chères petites. »

Le 24, il traçait ces lignes : « Je voudrais t'écrire à
toutes les heures et te télégraphier à toutes les minutes; je suis loin, et la distance augmente encore
mes inquiétudes; la date des lettres que je reçois me
torture.

» Soigne bien notre pieuse et bonne mère ; qu'elle soit calme, que son cœur se sente entouré, que son âme soit en paix et qu'elle trouve en Dieu toute force.

» Que tour à tour les petites et toi, vous lui fassiez de courtes lectures, de pieuses oraisons ! C'est demain son jour de naissance, que ce soit un jour de paix et de force ! »

Et le lendemain, fête de l'Annonciation, il ajoutait : « Je prie et je fais prier, c'est mon unique consolation ; je me sens avec vous quand je suis près de Dieu, le suppliant de garder notre bonne Mère à mes filiales tendresses ». « Tu m'as écrit qu'il valait mieux pour moi être à Rome qu'à Ferney ; c'est vrai en un sens ; c'eût été une torture et je ne sais si j'aurais pu dominer mon cœur. »

Le fatal message, pressenti et redouté, arriva le 26. « Cette épreuve me brise, télégraphie aussitôt l'évêque, je suis inconsolable d'être loin d'elle, loin de vous. »

« J'ai l'âme anéantie, écrit-il à sa sœur, je ne puis me faire à cette horrible pensée que je ne verrai plus ma bonne mère ; c'est le plus grand, le plus cruel supplice que l'exil m'ait imposé. Je ne me console qu'en priant ». « Hélas ! le P. Alfred et moi nous n'avons pas été près d'elle ; mon cœur souffre au-delà de tout ». « Je suis bien ému de tous les soins que tu lui as donnés ; tu étais près d'elle toute la famille et ton cœur nous remplaçait tous. »

Fac-simile de la lettre ci-contre de Mgr Mermillod.

 Rome le 22 Mars 1876

Mo chère Jenny, je suis dans la
plus cruelle angoisse. J'ai réclamé
plusieurs reprises la bénédiction et la
prière du Pape, je fais multiplier les
messes pour notre chère et bonne mère. Il
m'est dur d'être loin, il me semble que si
j'étais près d'elle, j'obtiendrais sa guérison.
Je suis sûr que tu mettes tout ton cœur, tout
ton filial dévouement à la soigner.

Joséphine et Marie t'aideront dans ce

doux et douloureux service.

Dis à ma chère mère que je l'aime, que

je ne pense qu'à elle, que je prie pour elle,

que Dieu l'aide dans sa souffrance, qu'il

sanctifie sa maladie et qu'il la

rende à notre tendresse.

Tenez-moi au courant. J'embrasse S. Alfred

et Amélie.

Envoyez-moi chaque jour de longs détails,

---

j'irai te télégraphier plusieurs fois —

ô Dieu, que Notre Seigneur vous aide,
mille tendresses à toi et aux chers
petits — Alphonse. Enfin ma bénédiction
                    † Gaspard Mermillod

Remercie M.me Mercier de sa
bonne lettre

« Chère Jenny, que j'ai besoin de ton affection; nous n'avons plus notre bonne mère! »

» Prions, aimons-nous, espérons que nous la retrouverons au ciel. »

» L'épreuve était dure! n'avoir pas revu sa mère, n'avoir pas entouré sa couche funèbre, reçu le baiser et la bénédiction suprême, n'avoir pu lui fermer les yeux... Cette circonstance rendit plus intense le chagrin de l'évêque, son âme en fut longtemps déchirée et jamais l'exil ne lui parut plus lourd. Néanmoins, il se soumet à la volonté divine; on sent cette tristesse résignée dans ces mots adressés à un cœur ami : « Je souffre dans l'exil et de l'exil; mais Dieu fait son œuvre, épure, fortifie et sanctifie les âmes; c'est le grand but, l'unique terme de tout... Priez pour moi. »

Dans une autre lettre datée du 5 avril il écrivait : « Je vous remercie, ma fille, de vos fidèles et filiales sympathies. Mon cœur a bien souffert et souffre encore en songeant aux tortures de ma sainte mère, me sentant loin d'elle à ces heures suprêmes : elle a fait l'héroïque sacrifice de mon éloignement. L'exil a d'impitoyables duretés: Dieu m'a frappé ici dans cette ville des prières, des douleurs et des espérances, je l'en remercie; mais le cœur est broyé. Aucune consolation ne m'a fait défaut; les prières multipliées pour ma sainte mère, les tendresses du Saint-Père et les sympathies générales! mais la douleur existe! que Dieu soit glorifié.

» J'ai regretté de ne pas vous voir à Bourges, j'aurais
voulu vous parler avant d'être à Rome; je sens que
dans ces heures sombres il y a des incertitudes dans
le regard et dans l'action. La vaillante sérénité de Pie IX
domine : il y a à agir. *Surgamus et eamus!*

» Priez pour moi ? pour ma chère mère; préparez-vous
aux jours d'orage qui s'approchent, mais qui sont une
aurore et non un déclin. »

Un autre deuil très sensible vint assombrir davantage
encore la fin de cette même année. M. Dunoyer, vicaire
général de Genève, celui-là même sous la direction duquel le jeune abbé Mermillod avait fait vingt-neuf ans
auparavant ses premières armes dans la milice sacrée,
était retourné à Dieu. Genève perdait en lui un de ses
prêtres les plus distingués et Mgr Mermillod un vieil
ami qu'il avait toujours entouré de respect et dont
il avait aimé à recevoir les prudents conseils.

« Vénéré et cher ami, lui écrivait-il quelques jours
avant le jour suprême, mon âme est accablée, mon
cœur est brisé de n'être pas près de vous à ces heures
de vos souffrances. Dieu m'impose de vives et grandes
épreuves, et l'exil multiplie ses duretés.

» Je suis tout à la fois votre fils, votre ami et votre
évêque; j'aurais besoin de prier avec vous, pour vous,
pour notre cher pays; j'aurais tant besoin de profiter
encore de vos leçons, de vos exemples, de votre expérience !

» Hélas ! tout m'est enlevé ; les impitoyables barrières de l'exil arbitraire sont entre vous et moi. Au moins, elles ne m'empêcheront pas de m'associer de loin, par la prière, à nos bons prêtres et aux catholiques fidèles qui s'unissent à vos douleurs. Je sais que vous êtes uni à Notre-Seigneur Jésus-Christ par une sereine résignation, une foi vive et un grand amour. Que la volonté de Dieu soit notre joie et notre force unique ! Je célèbre la sainte messe pour vous, je supplie le Maître de vous conserver à l'Église, à Genève, à moi, à nos prêtres ; j'ai demandé au Souverain-Pontife qui vous connaît, qui vous aime, une tendre bénédiction. J'offre au cœur de Notre-Seigneur les déchirements, les angoisses de notre éloignement ; je vous envoie mes pauvres bénédictions et je vous conjure de bénir vous-même le clergé et le peuple fidèle de Genève.

» Vos prières, vos sacrifices hâteront l'heure de la paix et de la liberté pour la sainte Église.

» De loin comme de près, mon âme est unie à la vôtre, mon cœur est près du vôtre ; à la vie, à la mort, je suis bien à vous dans le cœur de Notre-Seigneur et dans la fidélité à la sainte Église catholique. »

Cette lettre si tendre fut la dernière joie du vieillard ; trois jours après l'avoir reçue, il rendit le dernier soupir dans les sentiments de la plus vive piété.

L'évêque d'Hébron, tout entier à sa douleur, écrivait de Ferney à une personne amie : « Voilà deux fois cette année que Dieu m'éloigne des lits d'agonie ! C'est la cruauté impitoyable de l'exil! La volonté de Dieu est l'unique contentement de mon cœur. D'ailleurs ces âmes mûres sont les plus sûrs et les plus vraies protectrices au ciel!

» Hélas! c'est par un fatal télégramme envoyé à Aix-les-Bains que j'ai appris sa mort. Il était venu passer quelques jours à Ferney, avec moi, après mon retour de Beauvais; je croyais le garder encore malgré ses soixante-quinze ans et sa faiblesse croissante! J'ai quitté les eaux d'Aix à la hâte, et je suis revenu ici, mais je n'ai pu accompagner son cercueil ni le suivre au cimetière. Je suis venu célébrer un service ici, convoquant une partie du clergé et tenant à prier encore pour mon vénéré et cher ami! Priez pour lui et pour ceux qui restent sur le champ de bataille! »

Mais l'ère des deuils était ouverte et deux ans plus tard, une autre plaie profonde et qui ne fut jamais complètement cicatrisée vint blesser de nouveau le cœur du prélat.

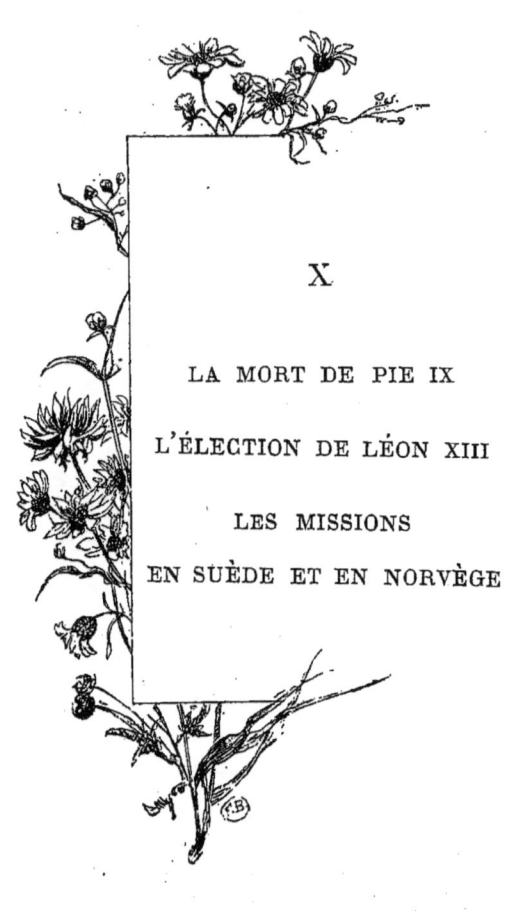

X

LA MORT DE PIE IX

L'ÉLECTION DE LÉON XIII

LES MISSIONS

EN SUÈDE ET EN NORVÈGE

CHAPITRE X

LA MORT DE PIE IX. — L'ÉLECTION DE LÉON XIII.
LES MISSIONS EN SUÈDE ET EN NORVÈGE

A nouvelle de la mort de Pie IX fut pour l'évêque d'Hébron le grand deuil de l'âme : le vénéré pontife avait été pour lui non seulement le chef de la sainte Eglise, le vicaire de Jésus-Christ, mais aussi le protecteur de son sacerdoce, l'ami des mauvais jours, le père plein de sollicitude à qui il avait osé confier toutes les peines de son douloureux épiscopat. N'était-ce pas Pie IX qui l'avait consacré de ses propres mains? N'avaient-ils pas, le pontife et l'évêque, célébré tous deux le même sacrifice, bu dans la même coupe le sang eucharistique, en attendant qu'ils fussent appelés à boire ensemble à la coupe des mêmes épreuves.

Pie IX fut pleuré de tous, l'Eglise, l'univers catholique entier prirent le deuil, mais personne ne le
pleura plus sincèrement et plus longtemps, dans le silence de son âme, que Mgr Mermillod; il y pensait sans
cesse et ses rêves lui montraient le saint Pontife s'in-
clinant vers lui et le bénissant du haut du ciel.

Cependant l'avènement du cardinal Pecci au ponti-
ficat suprême apporta un baume à sa douleur; il s'as-
socia à la joie et aux espérances de l'Eglise et ne tarda
pas à venir s'agenouiller aux pieds du nouveau pape.
Léon XIII l'accueillit avec une très grande bienveillance et Mgr Mermillod retrouva en lui toute la bonté
et la paternelle affection de Pie IX. Après avoir rendu
ses hommages au successeur de Pierre, Mgr Mermillod
quitta la ville éternelle, apportant au petit séminaire
d'Evian, dans la Haute-Savoie, un corps saint extrait
des catacombes de sainte Priscille.

Les professeurs et les élèves, heureux de saluer en
l'évêque d'Hébron un confesseur de la foi, le reçurent
avec enthousiasme. Malgré les fatigues du voyage, il
prononça, à la cérémonie de la translation des reliques,
le discours de circonstance qui, dans sa bouche, prenait un intérêt singulier.

Par une touchante coïncidence, Mgr Moreno, évêque
exilé du Mexique, et Mgr Lachat, l'illustre persécuté de
Bâle, se rencontrèrent à Evian avec le grand exilé de
Genève. Ils se félicitèrent réciproquement de leur
commune et glorieuse infortune et l'on se figure aisé-

Léon XIII l'accueillit avec une très grande bienveillance. (Page 208.)

ment tout ce que la présence des trois saints prélats ajouta d'intérêt et d'éclat aux cérémonies de cette journée.

Mais ce n'était pas seulement les restes vénérables d'un martyr que Mgr Mermillod rapportait de Rome, c'était encore l'ardente et paternelle bénédiction du Souverain-Pontife qu'il était chargé de répandre sur les fidèles de Genève.

Tout ce peuple catholique cherchait, depuis longtemps, un prétexte pour revenir à la frontière offrir à son évêque de nouvelles ovations et protester ainsi, une fois de plus, contre l'injustice du gouvernement genevois. Mgr Mermillod, tout en condescendant à ce désir, voulut éviter de donner trop de retentissement à cette manifestation. Quatre cents hommes seulement eurent l'honneur d'être choisis et le bonheur d'entendre de nouveau l'exilé leur dire avec fermeté et tendresse : « Vous avez conquis auprès de vos concitoyens une sympathie dans vos souffrances, et de tous les points de la Suisse, nous en avons la preuve, on commence à vous regarder d'un œil fraternel et à prendre en pitié ces longues années de souffrances. Les agitations de l'Europe, les tempêtes qui peuvent la bouleverser encore doivent fortifier l'union du peuple suisse. Du lac de Constance au Léman, il ne doit y avoir qu'un cœur et qu'une âme pour notre indépendance nationale. Nos concitoyens sont bientôt convaincus qu'au pied de vos pauvres autels, vous avez appris à mieux aimer et à mieux défendre encore deux drapeaux : la croix de Jésus-Christ, qui est la liberté de vos âmes, et la croix fédérale qui est le drapeau de la patrie. Vous y serez fidèles à la vie, à la mort. »

L'assemblée applaudit de tout son cœur, mais, sur un signe de l'évêque, tous tombent à genoux pour recevoir la bénédiction papale qu'ils étaient venus chercher. Ils se relèvent les yeux pleins de larmes, entourent de plus près le chef aimé, cherchant à lui baiser les mains. Il y avait entre le père et ses enfants un admirable échange de sentiments pleins d'effusion. Quand on se sépara, un peu de joie était revenu au cœur de l'évêque, beaucoup de consolation et d'espérance au cœur de ses chers diocésains. On s'efforçait de croire que le jour de la justice allait se lever, mais les années succédaient aux années sans apporter aucun changement à la situation des catholiques de Genève. Pour leur évêque l'exil se prolongeait et, à quelques mois de là, tous les évêques de la Suisse réunis en conférence sur le territoire de la patrie, constataient avec un pénible serrement de cœur que Mgr Mermillod manquait une fois de plus à leur pieuse assemblée. « Vous êtes en ce moment, lui écrivaient-ils, le SEUL EXILÉ contrairement aux lois de notre libre Helvétie. Pourquoi cette douloureuse exception? Nous connaissons trop la pureté de votre patriotisme pour que votre présence puisse être un danger, même lointain, pour la nationalité qui vous a vu naître. Toujours, en

Suisse comme à l'étranger, vous avez été l'apôtre de la paix. Jamais une parole d'amertume n'est tombée de vos lèvres contre ceux qui vous ont frappé. Vous ne pourriez donc, en rentrant, que contribuer à la pacification si nécessaire de nos temps troublés.

» Que Dieu, Monseigneur, daigne ménager aux catholiques suisses la joie de vous revoir et de vous entendre. »

Ce vœu ne devait pas être exaucé de si tôt. Genève continuait son œuvre de vengeance arbitraire, et, du reste, l'hostilité contre tout ce qui touche à la religion, loin de s'amoindrir, gagnait du terrain à peu près partout en Europe. L'odieux décret de dispersion porté alors en France contre les congrégations religieuses, donna lieu à un fait tristement étrange. Le R. P. Alfred, expulsé de ce pays à cause de sa qualité de capucin et Mgr Mermillod expulsé de Suisse à cause de sa qualité d'évêque, il en résulta que les deux frères ne pouvaient plus se rencontrer que sur la ligne exacte de la frontière, en se tenant l'un d'un côté et l'autre de l'autre. On ne sait même pas si la rigueur des décrets leur permit de se toucher la main par-dessus la ligne : peut-être les libertés modernes y eussent-elles vu une double violation de territoire.

Le R. Père Alfred, accueilli au couvent des Franciscains de Sion, put, de là, exercer son ministère dans la ville de Genève. Son auditoire ému écoutait religieusement sa voix comme un écho fidèle de la voix tant

aimée du pasteur, et quand il retraçait les fatigues de
l'évêque qui depuis vingt-huit ans dépensait sa vie,
sans trêve ni repos, pour sa chère Eglise de Genève,
tout le monde versait des larmes.

Celui dont on pleurait l'absence allait s'éloigner
davantage encore. On ne tarda pas à apprendre qu'au
retour d'un voyage à Rome où il avait été appelé, il
avait dû immédiatement repartir pour une mission
lointaine et délicate, confiée par le Souverain Pontife.

Le *Dagblad*, journal de Stockholm, annonçait que l'é-
vêque d'Hébron avait officié pontificalement le jour de
Pâques, dans l'église catholique de cette ville. Une
série de conférences, commencées devant un auditoire empressé, avaient réussi dès le début à passionner
non seulement les catholiques, mais l'élite de la société protestante : hommes du gouvernement, diplomates, professeurs et pasteurs se pressaient au pied
de sa chaire.

Evangéliser la protestante Suède ne paraissait cependant pas devoir être chose facile à un prêtre catholique, bien que depuis quelques années l'oppression
séculaire de l'Eglise eût cessé dans les contrées scan-
dinaves. La peine de mort portée autrefois sous Gus-
tave Wasa et Gustave-Adolphe, ces « héros de la
liberté religieuse », contre les Suédois qui abandon-
naient le culte national, avait été remplacée d'abord
par la prison et l'exil : en 1860, six femmes furent en-

core expulsées judiciairement du pays pour avoir embrassé la religion catholique. Ce fut le dernier acte de violence ; l'Europe entière s'émut et son indignation amena l'abrogation des lois pénales religieuses. En Danemark la situation était identique, mais la liberté de conscience une fois conquise, les âmes prirent leur essor et l'on compta six cents conversions à Copenhague dans l'espace des deux années qui suivirent les premiers actes de tolérance.

C'étaient la Suède et la Norvège que venait prêcher Mgr Mermillod. Ces deux peuples frères, doués d'aspirations différentes et de caractères opposés, se rencontrèrent dans leur admiration pour l'éloquent prélat. Le Suédois, ce Français du Nord, aux goûts artistiques, à l'esprit vif, au caractère enjoué, sorte de méridional transporté dans les froides régions, admirait dans l'orateur la vivacité de l'expression, le coloris de l'image, la chaleur du sentiment; le Norvégien, au contraire, avec sa rudesse, sa mâle vigueur, son flegme imperturbable, appréciait ses pensées toujours élevées, ses enseignements toujours dogmatiques et serrés, sous une forme captivante. Il suivait avec le froid et profond enthousiasme de l'homme du Nord les développements de la foi catholique et — comme il arrive d'ordinaire en pareilles circonstances — comparait ces brillantes conférences aux prêches des ministres protestants et exprimait par d'intarissables éloges sa sympathie pour Mgr Mermillod.

Le dernier discours prononcé à Stockholm fit courir
dans l'assemblée un frémissement de surprise. Le con-
férencier avait posé cette question : « Jésus-Christ
a-t-il fondé une Eglise unique, ou une Eglise partagée
en plusieurs sectes ? » Jamais peut-être l'évêque ne
parla avec autant d'autorité et de douceur qu'en cette
circonstance. Son émotion était visible et l'on eût dit
que sa prompte et facile parole était impuissante à
exprimer toutes les pensées qui se pressaient dans son
esprit.

Il fut sublime et touchant lorsqu'il démontra l'*unité*
de l'Eglise catholique fondée par Jésus-Christ et fit voir
comment cette unité divine a été rompue au seizième
siècle. Les yeux se mouillaient de larmes et les
esprits ébranlés cherchaient à sortir des ténèbres en-
tassées par trois siècles d'erreurs. Un ministre protestant se leva dans l'auditoire pour adresser à l'orateur
ses félicitations. Rentrées chez elles, beaucoup de personnes prenaient des notes ; des hommes d'un grand
mérite, quelques-uns appartenant à la maison royale,
venaient demander à l'apôtre des éclaircissements, des
lumières, des explications. Il n'y eut pas alors d'abju-
ration, mais la semence était jetée et la beauté, la solidité de la vérité catholique avaient frappé tous les esprits.

A son départ de Stockholm, une touchante ovation
lui fut faite à la gare ; tous les cultes s'étaient réunis
dans la commune pensée de saluer une fois encore

A son départ de Stockholm, une touchante ovation lui fut faite à la gare. (P. 216.)

l'apôtre invincible. Une foule immense se pressait autour du wagon où il avait pris place, il la bénit et tous s'inclinèrent respectueusement sous le signe sacré.

Sa Grandeur se rendait à Upsal et de là à Gefle, où elle voulait visiter la nouvelle église catholique alors en construction. De Gefle Monseigneur se rendit à Christiania en Norvège et enfin à Aarbuus dans le Jutland où il consacra une belle et spacieuse église récemment achevée et où la station fut particulièrement féconde.

Invité à donner la confirmation à Copenhague, il s'y rendit encore, de sorte que son voyage en Scandinavie finit par devenir une véritable tournée apostolique dans les missions du nord de l'Europe.

Partout l'enthousiasme fut le même et un mot gracieux nous donne la mesure de l'influence qu'avait su gagner bien vite l'évêque de Genève. Dans un dîner officiel où tous les convives étaient protestants, un personnage important de la cour, qui n'avait pas manqué une seule conférence, exprima fort spirituellement dans un toast les sentiments de ses coreligionnaires : « A l'heureux voyage de Votre Grandeur, dit-il, nous devons souhaiter, nous protestants, qu'Elle arrive à Christiania le plus tôt possible ; autrement, Monseigneur, vous nous entraîneriez tous avec vous. »

Quelques-uns le suivirent en effet, non pas à Christiania, mais dans les régions supérieures de la foi : des

conversions eurent lieu après son départ et furent
attribuées à sa parole inspirée. En Suède, l'une de
celles qui fit le plus de bruit fut le retour au catholicisme d'un jeune pasteur luthérien, âgé de trente-
quatre ans, M. Alex. Johan Hellgvist qui écrivit au consistoire épiscopal de Lund pour résigner sa charge,
déclarant expressément qu'il voulait entrer dans
l'Eglise Romaine.

Cette énergique résolution, malgré les obstacles sans
nombre qui se dressaient devant lui, fut au-dessus de
tout éloge et commanda l'admiration. Tous ses amis
l'abandonnèrent ; son père lui-même refusa de le recevoir et, comme le jeune pasteur était sans fortune, il
fut obligé d'apprendre un métier pour gagner sa vie.
Rien ne le fit reculer, car, disait-il, « je pourrai du
moins, pendant mes heures de repos, m'appuyer sur
l'oreiller d'une bonne conscience. » « Le chrétien, ajou-
tait-il, a des besoins qui ne trouvent leur entière satis-
faction que dans le catholicisme ; aussi tout chrétien
est-il généralement catholique au moins dans ses
aspirations et d'une manière inconsciente. »

Ainsi les luthériens suédois avaient ouvert les portes
de leur patrie, de leurs oreilles et de leur cœur à celui
que les calvinistes génevois expulsaient du territoire
suisse. Les protestants de Stockholm avaient laissé à
Mgr Mermillod la liberté que lui refusaient ceux de
Genève ; où donc était le tolérance tant vantée de la
République helvétique?

Mgr Mermillod, rentré en France, prononçait à Paris,
le 12 juillet de cette même année 1881, dans l'église de
Notre-Dame, l'oraison funèbre de son saint et vénérable
ami Mgr de Ségur. Le Cardinal archevêque de Paris,

Mgr de Ségur.

des évêques, des prélats, des prêtres, des religieuses,
le chapitre métropolitain, Leurs Altesses Royales la
duchesse de Parme, la duchesse de Madrid et la grande-
duchesse de Toscane assistaient à la cérémonie. La parole attendrie de l'évêque d'Hébron fit couler bien des
larmes. « Ce jour-là, dit l'historien du saint aveugle,

le triomphe des funérailles de Mgr de Ségur se renouvela avec ce qu'y pouvait ajouter l'immense vaisseau
de Notre-Dame et l'éloquence du successeur de saint
François de Sales. »

« Un concours de chrétiens de tous les rangs et de
toutes les conditions, dont on n'avait plus eu d'exemple
d epuis l'oraison funèbre de O'Connell par le Père La-
cerdaire, et qu'on évalue à cinq mille personnes, remplissait toute la cathédrale. »

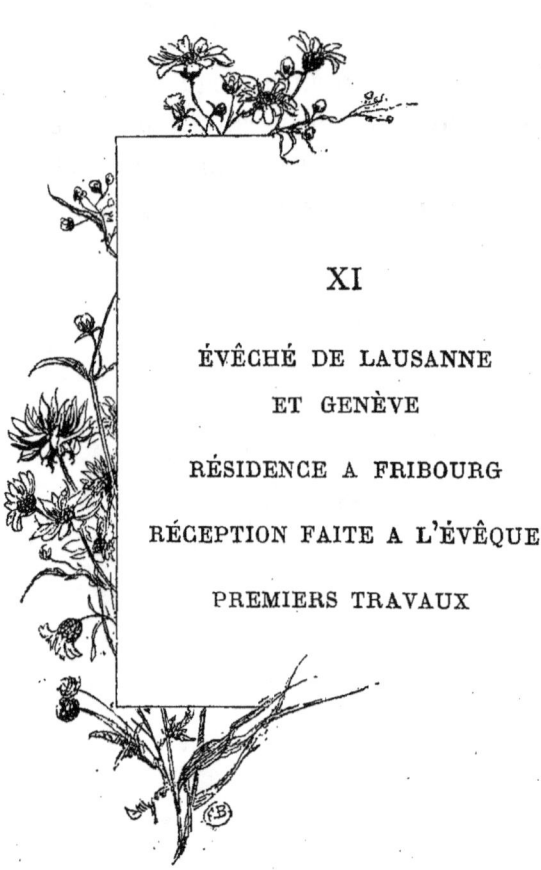

XI

ÉVÊCHÉ DE LAUSANNE
ET GENÈVE

RÉSIDENCE A FRIBOURG

RÉCEPTION FAITE A L'ÉVÊQUE

PREMIERS TRAVAUX

CHAPITRE XI

ÉVÊCHÉ DE LAUSANNE ET GENÈVE. — RÉSIDENCE A FRI-
BOURG. — RÉCEPTION FAITE A L'ÉVÊQUE. — PRE-
MIERS TRAVAUX.

Depuis dix ans l'illustre exilé, avec son incomparable éloquence et son zèle toujours chaud,
avait semé la vérité sur tous les chemins de
l'Europe, tournant après chaque triomphe, et au lever
de chaque aurore, son cœur et ses yeux vers la porte
fermée de la patrie. La Suisse comprit enfin qu'il était
temps de réparer une grande injustice et de ramener
sur son sol libre le plus fidèle de ses enfants. C'est à
Fribourg, résidence des évêques de Lausanne et Genève, qu'était réservé cet honneur.

Après la retraite de l'évêque de Lausanne, Mgr Marilley, que le pape, en témoignage de son estime particulière, éleva plus tard au siège archiépiscopal titulaire de Myre, le diocèse fut remis entre les mains de Mgr Cossandey, mais après deux années seulement d'une sage et prudente administration le vénérable et pieux prélat s'endormit dans la paix du Seigneur.

Le siège de Fribourg redevenait vacant et le Souverain Pontife dut songer à combler cette lacune. Dans un consistoire public tenu dans le palais du Vatican le 15 mars 1883, Léon XIII préconisait évêque de Lausanne et Genève Mgr Mermillod agenouillé à ses pieds. Quelques jours plus tard le décret qui l'avait exilé fut rapporté par le conseil fédéral et le prélat quitta Rome pour venir prendre possession de son diocèse.

Cet heureux événement fut un immense sujet de joie pour tous les catholiques de la Suisse et l'on se disposa à fêter, avec toute la solennité possible, le retour de l'illustre banni.

Pour lui qui depuis dix ans gardait sur la terre étrangère l'amour passionné de son pays, il dut tressaillir à la pensée d'en fouler de nouveau le sol toujours cher. Mais, en venant à Fribourg, il allait s'éloigner davantage encore de sa ville de Genève qu'il ne verrait même plus de loin, se séparer des amis qui l'avaient entouré dans leur pays hospitalier; et puis, durant cette longue absence, tant d'êtres aimés ont disparu ! La patrie elle-même n'aura-t-elle pas changé d'aspect et retrouvera-t-il les lieux qu'il a parcourus jadis avec tant de bonheur ? Le cœur de l'homme est à facettes, mille sentiments divers s'y reflètent à la fois et ce perpétuel miroitement l'éblouit, l'aveugle, le fatigue et l'empêche de lire en lui-même : le nouvel évêque de Lausanne et Genève l'éprouvait une fois de plus. Ce qu'il laissait prenait à ses yeux une valeur singulière et dans l'adieu qu'il adressait à sa modeste retraite de Ferney, nul n'aurait pu dire quelle place tenait la joie ou la tristesse : ainsi ce malheureux abandonnant pour un palais sa chaumière en ruine, jette sur les lieux où il a souffert un regard voilé de larmes ; ainsi le mourant qui s'en retourne à Dieu, trouve une pensée de regret pour les biens de l'exil qu'il va quitter.

L'âme du proscrit n'échappait pas à cette heure de mélancolie qui se mêle à nos plus heureuses journées, et c'est aux pieds de Notre-Dame d'Einsiedeln qu'il alla répandre le trop-plein de son cœur. Ce pèlerinage essentiellement suisse attirait l'humble et dévoué serviteur de la Vierge Marie. Il voulait revoir l'abbaye célèbre dont saint Meinrad, il y a dix siècles, fut l'austère précurseur. C'était le fils d'une illustre maison de Souabe qui, fuyant les grandeurs auxquelles le condamnait sa naissance, était venu se cacher sur la montagne qui sépare le lac de Zurich de la vallée d'Einsiedeln. Durant sept ans, il s'y livra aux austérités de la pénitence, mais sa retraite ayant été découverte et sa réputation de sainteté lui amenant des visiteurs, il s'éloigna secrètement et vint se réfugier dans une vaste et sombre forêt, n'emportant qu'une image de la Très Sainte Vierge. Il se nourrissait de racines et se désaltérait à l'eau pure d'une fontaine voisine.

De longues années s'écoulèrent au bout desquelles le saint tomba sous les coups de deux assassins. Afin de se soustraire aux recherches, les meurtriers, après leur crime, s'enfuirent à Zurich, où ils se croyaient à l'abri de tout soupçon. Mais l'anachorète avait des amis parmi les oiseaux du ciel et les hôtes des forêts. Deux corbeaux qui avaient partagé sa solitude et le pain de sa pauvreté les poursuivirent de leurs cris et de leurs coups de bec jusqu'à Zurich, dans l'auberge où ils s'étaient logés. L'acharnement de ces oiseaux contre les inconnus attira l'attention. Interrogés, les assassins avouèrent leur crime et l'expièrent. Jusqu'à nos jours, l'auberge théâtre de ce fait a porté pour enseigne : *les deux fidèles corbeaux*, et l'abbaye de Saint-Meinrad les a pris dans ses armes.

Depuis ce jour Dieu manifesta par de grands miracles la sainteté de son serviteur, et sa cellule, sa fontaine, son image de la Vierge furent vénérées de tous les pays voisins.

Telle fut l'origine du couvent. Quand le temps eut passé, l'oratoire fut transformé en église et la cellule en une vaste abbaye. Il y a mille ans que les catholiques s'inclinent devant la même image de la Vierge et mille ans que les pèlerins se désaltèrent aux eaux limpides de la fontaine de saint Meinrad.

Ce présent si vivant, mêlé à ce lointain passé, impressionnait Mgr Mermillod ; il était heureux de se retrouver dans le béni sanctuaire, heureux de venir chercher humblement, aux pieds de la Vierge miraculeuse, une protection plus spéciale, une source nouvelle de consolation, un appui dans les charges accablantes du moment, une aide dans les difficultés de sa nouvelle situation, une défense contre les mauvais jours, possibles encore, malgré la sécurité de l'heure présente.

C'est de là qu'il vint à Fribourg se prêter aux fêtes qui lui étaient préparées. Il arrivait avec le prestige de son talent, l'éclat de sa renommée, précédé par le souvenir des services rendus, des combats soutenus, des luttes acceptées, des persécutions souffertes ; l'auréole du génie, de la vertu et de la souffrance illuminait son front et y attachait une triple gloire, mais plus il se sentait grandir plus il éprouvait le besoin de se rapprocher des petits et des faibles. A la gare de l'une des stations qui précèdent la ville, il aperçut une paysanne qui portait un petit enfant dans ses bras et l'invita à s'approcher. L'heureuse mère présenta son enfant et le prélat, traçant le signe de la croix sur ce front candide, dit avec attendrissement : « C'est la première bénédiction que je donne dans mon diocèse. » Le voyageur ne tarda pas à apercevoir les deux ponts suspendus qui dominent la ville de Fribourg, sa ville épiscopale. Dès qu'il arriva, une foule compacte et re-

cueillie vint se précipiter à ses pieds. Il bénit de la
main et du cœur ces nouveaux fils donnés par la sainte
Eglise, et les fils, songeant aux dix années d'exil vaillamment portées, aux trente années de travail et
de généreux combats, s'attendrissaient et pleu-
raient.

Le lendemain, qui était un dimanche, la fête fut
splendide.

C'était partout des guirlandes et des festons, des
fleurs et des lumières, des drapeaux et des banderoles
portant la devise de l'évêque : *Veritas et misericordia,*
et les armes réunies du diocèse et de Mgr Mermillod :
deux colombes blanches en champ d'azur et l'image
de la Vierge sur fond d'argent.

La croix fédérale, entourée des armoiries des quatre
cantons diocésains Fribourg, Vaud, Neuchâtel et
Genève, tenait une place d'honneur. Par malheur, une
pluie fine, qui depuis le matin ne cessait de tomber
avec une placidité désespérante, nuisait au coup d'œil
et quelqu'un se plaignit, devant Monseigneur, du
temps qui ne s'était pas mis à l'unisson de l'allégresse
générale. « Il ne faut pas oublier, fit observer gracieusement l'évêque, que la pluie est le symbole des bénédictions célestes. » Et ce jour était vraiment pour le
pays un jour de bénédiction ; Fribourg était une
famille qui fêtait l'arrivée de son père, et ses enfants
par milliers se pressaient autour de lui. L'enthousiasme
du peuple, la joie des prêtres, les cérémonies saintes

de la collégiale, les accords de l'orgue célèbre, plus
vibrants, plus imposants que jamais, les discours de
l'évêque firent de cette journée l'une des plus heureuses
qu'aient eues à enregistrer les annales de Fribourg :
c'était solennel et beau. Mgr Mermillod, bien que
visiblement fatigué de ses longs voyages, et en proie à
une émotion très compréhensible, fut magnifique d'élan
et d'abandon. On ne se lassait pas d'admirer sa merveilleuse facilité de parole.

Avec un tact et une délicatesse infinis, il s'abstint de
toute allusion, même lointaine, à son exil et au con-
flit génevois. Il voulait oublier les tristesses du passé
pour ne voir que l'affection dont il était entouré. Chef
du diocèse, il voulait encore et surtout en être le cœur
« par la charité la plus active et la sollicitude la plus
constante pour les intérêts spirituels de tous. »

Quand l'évêque se fut installé dans sa nouvelle résidence et qu'il eut organisé sa maison, il s'enquit minu-
tieusement des besoins les plus pressants de son diocèse
et l'une de ses premières démarches fut de visiter les
paroisses catholiques de la ville de Neuchâtel et des
villages voisins : partout il fut reçu avec le même
empressement. Appelé à bénir dans l'une de ces locali-
lités mixtes la pierre angulaire de la chapelle catholique, il s'écria à l'issue de la cérémonie qui s'était
faite en plein air : « Dieu s'est bâti trois temples. Au
jour de la création c'est le temple de la nature avec le
firmament pour voûte. Qu'il est beau ce temple lors-

qu'on regarde le canton de Neuchâtel avec ses collines douces et ombragées, ses vignes étagées, ses villes et ses villages gracieusement' unis au bord de ce lac d'azur !

» Le second temple, c'est la conscience, le sanctuaire où Dieu parle à l'âme, tribunal toujours debout où l'âme vient rendre compte à Dieu du bien et du mal accomplis.

» Le troisième temple, c'est l'église que l'homme édifie pour le Dieu de la crêche, afin qu'il ait une pierre où reposer sa tête. Là se rencontrent le pauvre et le riche, le grand et le petit, les douleurs et les joies. »

L'auditoire contenait à peine l'explosion de ses sentiments : catholiques et protestants, orthodoxes et rationalistes, croyants et incrédules, tous subissaient l'ascendant de cette parole débordante de foi et d'amour. Rarement on avait vu des éléments si divers se rencontrer indistinctement sur le terrain de la louange.

Les tournées pastorales pour l'administration du sacrement de confirmation absorbèrent ensuite une partie notable de son temps, mais si les fatigues étaient grandes, les consolations étaient grandes aussi et l'évêque remerciait Dieu de sa tâche, quand un événement, aussi déplorable qu'inattendu, vint déchirer cruellement son cœur. Des mains sacrilèges avaient violé le tabernacle d'une des églises de sa ville

Il bénit de la main et du cœur ces nouveaux fils donnés par la sainte Église. (P. 230.

épiscopale et emporté les saintes hosties avec les vases sacrés.

Le prélat et ses prêtres étaient dans la consternation, la cité catholique de Fribourg dans une véritable stupeur. Devant un pareil attentat des devoirs imprescriptibles s'imposaient : il fallait supplier la justice de Dieu de faire place à sa miséricorde et consoler le cœur outragé du divin Sauveur par des réparations, impuissantes sans doute à s'élever à la hauteur du forfait, « mais qui seraient du moins l'holocauste de la foi, de l'amour et des larmes. »

L'évêque, dans un vrai cri de douleur, ordonna aux prêtres, aux religieuses, aux fidèles, des messes, des communions, des prières réparatrices ; le dimanche suivant il y eut dans toutes les églises et chapelles de la ville bénédiction solennelle du Très Saint Sacrement, avec le chant du *Miserere* et du *Parce Domine*.

Dans l'église profanée, l'exposition du Saint Sacrement dura depuis le matin jusqu'au soir et l'église ne désemplit pas des fidèles qui venaient faire amende honorable à la sainte victime, afin d'écarter les coups de la colère divine que provoquent toujours les sacrilèges.

L'évêque de son côté continua longtemps des prières et des messes expiatoires. Son esprit et son cœur étaient encore sous l'impression pénible de ce crime quand un autre événement, heureux et consolant cette fois, vint dissiper en partie sa profonde tristesse.

Pour la première fois, il allait imposer les mains aux élus du Seigneur. Aux quatre-temps de juillet de cette année 1883, quatorze jeunes gens pleins de talents et de piété reçurent de lui la consécration sacerdotale dans l'église de Notre-Dame. Ce sanctuaire avait été choisi de préférence afin de mettre les nouveaux prêtres sous la protection spéciale de la Très-Sainte Vierge et pour laisser aux fidèles la possibilité de suivre les diverses et saintement intéressantes cérémonies d'une ordination. Leur chef spirituel voulait par là rehausser à leurs yeux la dignité du sacerdoce trop méconnue de nos jours : saint François d'Assise ne disait-il pas que s'il voyait en même temps un ange et un prêtre, c'est au prêtre qu'il adresserait ses premiers et ses plus respectueux hommages en raison des pouvoirs surnaturels dont il est revêtu? et saint François de Sales n'a-t-il pas raconté qu'au moment d'une ordination il avait vu sur la porte d'une église un jeune aspirant au sacerdoce qui hésitait à entrer. Interrogé, l'ordinant avait répondu que durant le trajet pour venir à l'église il avait vu son ange le précéder, mais qu'arrivé sur le seuil de la cathédrale, l'ange s'était retiré en arrière pour laisser le pas au nouveau ministre de Dieu.

Tout en effet, dans le prêtre, doit être entouré de respect et les cérémonies de l'ordination rappellent excellemment la sainteté du Sacerdoce. La signification mystique et rituelle des divers ornements que l'évêque

remet aux nouveaux prêtres est pleine d'enseignements : l'aube blanche est le symbole de la pureté ; le
cordon qui ceint les reins marque la force ; le mani-
pule signifie le travail et l'austérité ; l'étole rappelle la
puissance et l'autorité ; la chasuble est donnée aux
prêtres pour couvrir leurs fautes et celles de tout le
peuple.

Après s'être prosterné dans le sanctuaire en signe
d'anéantissement, les ordinants reçoivent l'imposition
des mains de l'évêque qui leur donne le pouvoir d'offrir
le Saint Sacrifice. Tous ensemble célèbrent alors une
seule messe et communient de la main du prélat consécrateur. Ils font ensuite une solennelle profession
de leur foi par la récitation du symbole des Apôtres et
viennent un à un s'agenouiller aux pieds de l'évêque
qui leur communique l'Esprit-Saint avec le pouvoir
de lier et de délier ; ils mettent leurs mains dans les
siennes, promettent à l'autorité épiscopale la perpé-
tuité du respect et de l'obéissance et reçoivent enfin le
baiser de paix.

« Prêtres de Jésus-Christ, disait à cette phalange
choisie Mgr Mermillod, ma pensée se porte sur chacun
de vous et je prie Dieu pour votre ministère et pour
votre persévérance. Vous serez la joie et la couronne
de votre évêque : *corona mea et gaudium meum.* Bientôt vous monterez pour la première fois à l'autel
et vous prierez pour ce pays, pour ce diocèse,
pour le sacerdoce, pour les ordres religieux, pour

vos familles, pour votre évêque ; vous demanderez pour tous à Dieu, l'unité des esprits dans le lien des cœurs. »

« Bientôt je vous enverrai là, où le Saint-Esprit me le suggérera : vous y trouverez des souffrances bien pénibles et des consolations bien douces : il y aura des Madeleine à ramener aux pieds de Jésus, des brebis perdues à rapporter au bercail, des croix dures à subir. Vous rencontrerez sur vos pas les trahisons des Judas, la jalousie des scribes, l'orgueil des pharisiens, peut-être les malédictions d'une multitude égarée, mais avancez toujours, parce que Dieu est avec vous et qu'a-près le Vendredi-Saint, vient le jour de la Résurrection !

Ainsi présidées par Mgr Mermillod, les cérémonies liturgiques atteignirent toute la majestueuse dignité qu'elles comportent et furent pour les fidèles un grand sujet d'édification et d'enseignement.

Toutes les œuvres, toutes les congrégations, toutes les écoles, toutes les maisons religieuses appelaient à elles le nouvel évêque ; de partout arrivaient des sur-croîts d'occupation et l'on se demande comment il n'a pas succombé à la tâche, cette première année de son épiscopat à Fribourg.

Un jour de distribution des prix c'est le matin dans un orphelinat et l'après-midi dans une école enfantine qu'il dépense sa journée. « Mes petits enfants, leur disait-il, la vie de l'homme doit ressembler au travail de l'oiseau qui, sans jamais se fixer sur la terre, va partout, recueillant les matériaux dont il compose son nid aérien. C'est au ciel que nous devons avoir le nid de notre repos, fait des bonnes œuvres de toute notre vie.»

Une autre fois c'est au collège Saint-Michel qu'il préside une cérémonie analogue et termine son discours par ces mots couverts des applaudissements de la jeunesse qui l'entoure : « Transmettez intact à ceux qui viendront après vous, ce noble drapeau du collège de Fribourg que vous portiez hier soir à votre tête. Alors on pourra dire de vous comme de ceux qui vous ont précédés : Ils ont honoré le passé, servi le présent et préparé l'avenir. »

XII

LA RÉUNION GÉNÉRALE
DE LA SOCIÉTÉ HELVÉTIQUE
DE SAINT-MAURICE

LES FÊTES DE L'EXALTATION
DE LA SAINTE CROIX
A EINSIEDELN

LE CONGRÈS EUCHARISTIQUE

16

CHAPITRE XII

LA RÉUNION GÉNÉRALE DE LA SOCIÉTÉ HELVÉTIQUE DE
SAINT-MAURICE. — LES FÊTES DE L'EXALTATION DE
LA SAINTE-CROIX A EINSIEDELN. — LE CONGRÈS EUCHA-
RISTIQUE.

E 23 septembre 1883 le savant prélat fut appelé à présider la réunion générale de la société hélvétique de Saint-Maurice dont il était
membre. Il accepta l'invitation avec sa bonne grâce
accoutumée et quatre fois durant la cérémonie du
matin, la scéance académique et le banquet, il prit
la parole, rappelant les souvenirs qui se rattachent
à la fondation de l'abbaye, ou faisant ressortir l'origine, le developpement, l'influence des académies
sur la société humaine. Après avoir absolument

captivé cette réunion de penseurs, de savants, de
littérateurs, il repartit vers le soir pour Vevey où
l'attendait un nouvel auditoire. La coquette cité, bâtie
dans une des situations les plus enchanteresses des
rives du Léman, possède une paroisse catholique,
composée en partie des personnes étrangères qui, soit
en été, soit en hiver, viennent chercher dans ces contrées privilégiées une température propice aux poi-
trines fatiguées. Or, cette paroisse célébrait la cin-
quantième année de son existence et Mgr Mermillod
venait lui redire de sa voix claire et harmonieuse,
dans son langage correct et précis, ses humbles débuts
et ses persévérants efforts. Il expliquait comment
quatre associations sont ici-bas les fondements de la
société : la famille, l'église, la patrie et la paroisse.
« Dieu a fondé la famille sur cette chose fragile
et mouvante qui est le cœur humain. La famille est
lumière et affection; rien n'est plus doux et plus
beau que la famille; elle embrasse toute notre vie, de
la naissance à la mort, en passant par le mariage; elle
autorise toutes les affections : la famille est le bonheur
suprême. Les prêtres seuls n'ont pas de famille, ils font
le sacrifice de la leur pour se dévouer plus entièrement
à la grande famille des âmes, à l'Église.

Si la famille a le cœur humain pour base, c'est
Pierre qui est le fondement de l'Église. « Seigneur,
s'est-il écrié, à qui irions-nous? Vous êtes le Christ, le
Sauveur; et Jésus lui répondit : Tu es Pierre et sur

cette pierre je bâtirai mon Église. » L'Église est universelle et éternelle, et de même qu'un habile archi-
tecte a façonné les pierres de votre temple et les a fait
s'élancer vers le ciel en voûtes légères, ainsi l'Église
élève vos âmes vers les choses qui sont en haut.
L'Église, c'est la grande famille à laquelle les parents
viennent avec joie présenter leurs enfants et les jeunes
époux demander la consécration de leur union : elle
est la vie et la lumière même quand, pour la dernière
fois, elle s'incline sur notre dépouille mortelle, car
alors elle nous ouvre les portes du ciel.

La patrie, elle aussi, est une famille, tout nous y
attache. Heureux qui peut y vivre en paix, au milieu
de ses amis et de ses pères ! Notre patrie, à nous, est
admirable, elle unit aux plus rares magnificences de
la nature, les plus beaux souvenirs, les plus grandes
traditions historiques : ne l'oublions jamais et aimons
la Suisse comme elle mérite de l'être.

La paroisse enfin est une autre famille : le pauvre
comme le riche, le malade comme le bien portant, le
citoyen comme l'étranger s'y sentent chez eux et y
retrouvent l'affection qui leur manque partout ailleurs.
La paroisse est une partie de l'Église, et c'est au nom
de l'Église et comme père de cette paroisse de Vevey
que je veux maintenant vous bénir, vous tous qui m'é-
coutez. »

On ne peut se lasser d'admirer quelle finesse d'intuition cet homme extraordinaire avait de ce qu'il

fallait dire dans les circonstances les plus diverses, devant les auditoires les plus variés, sur les sujets les plus disparates. C'était son cinquième discours ce jour-là. Il avait traité avec la même facilité et la même supériorité les questions les plus hautes de la science et les sentiments les plus tendres du cœur, et il s'était montré chaque fois vraiment inspiré de l'esprit chrétien au sens le plus beau de ce mot.

Durant quinze jours consécutifs de ce même mois de septembre, il avait prêché à plus de cinq cents prêtres du diocèse de Besançon deux retraites ecclésiatiques successives. Ce qui ne l'empêcha pas de saluer du haut de la chaire d'Einsiedeln ses diocésains fribourgeois qu'avaient attirés dans ce sanctuaire national, les fêtes de l'exaltation de la Sainte-Croix.

Il leur expliqua comment un pèlerinage est un acte de foi, un acte de courage, un acte d'espérance, un acte d'apostolat, et les bénit au nom du Souverain Pontife et de tout l'épiscopat suisse, dont il en avait reçu mission.

Rien n'est imposant comme les cérémonies du 14 septembre à Einsiedeln. Depuuis des siècles la fête est la même et depuis des siècles les pèlerins s'y rendent par milliers.

Rien n'a changé : ni la majesté du temple, ni le recueillement des pèlerins, ni la splendeur des cérémonies, ni l'harmonie des chants, ni la féerie de la procession du soir, ni l'imposante grandeur des mon-

tagnes qui dominent l'étroite vallée. La description
touchante qu'en faisait, en 1848, M. le vicomte Armand
de Melun — qui fut un ami et sut être un jour le défenseur de Mgr Mermillod — est encore aujourd'hui rigou-
reusement exacte.

« L'approche de la fête donnait au village d'Einsiedeln
un mouvement inaccoutumé ; toutes les routes lui
amenaient des pèlerins, les auberges et les rues se
remplissaient et la veille du 14 septembre le bourg
n'avait déjà plus de place pour la multitude des arri-
vants. Cette foule, errant de l'église aux montagnes et
répandue sur toutes les places et toutes les avenues,
semblait un camp de mille peuplades et de mille
tribus ; la variété des costumes, du langage, des
physionomies, annonçait des habitudes et des mœurs
bien opposées. Le flegme réfléchi de l'Allemagne contrastait avec la vivacité de l'Italie ; chaque canton avai
son caractère original, et chaque famille sa prière de
prédilection ; Dieu inspirait à tous le même but et la
même pensée ; le pays, l'âge, le sexe de chacun en
diversifiaient l'expression. La France aussi, toute rebelle
qu'on la dit à la foi de ses pères, y avait envoyé
quelques-uns de ses enfants, quelques paysans, vieux
soldats qui croient encore à la toute-puissance de
Dieu, et dans le mouvement des guerres et des révolu-
tions n'ont pas oublié leurs prières. Je me rappelle
avec attendrissement un pauvre homme qui, du fond
de l'Alsace, avait amené à Einsiedeln sa femme

aveugle, l'accent si pénétrant de leur reconnaissance pour la trop légère aumône d'un compatriote, et leurs vœux pour que ma famille puisse voir encore long-temps la lumière du jour, vœux si touchants lorsqu'ils viennent de ceux qui ne la voient plus.

Toute la journée se passa en offices, préludes de la fête du lendemain. Peu à peu l'église se remplit, et aux vêpres on avait peine à traverser la foule, mais si pieuse, et si recueillie, qu'aucune parole profane ne se mêlait au chant des psaumes, aucun mouvement de curiosité ne troublait l'ordre des cérémonies. Après les complies, les moines retournèrent à la pénitencerie, dont les confessionnaux étaient assiégés depuis le matin, comme ailleurs les portes de la fortune et des plaisirs ; les cierges et les lampes s'éteignirent ; une seule brûla comme à l'ordinaire devant la sainte image, et l'église fut rendue à l'obscurité et aux prières à haute voix des pèlerins. Alors de toutes les parties de ce vaste édifice, de tous les bancs et de toutes les chapelles, s'éleva un murmure dont aucune parole ne peut rendre la merveilleuse impression : c'était la voix de tout ce qui était venu à Einsiedeln pour célébrer la fête de Notre-Dame des Ermites ; c'était l'expression des sentiments de mille pèlerins. Accents de tristesse et d'espérance, chants qui remercient d'un miracle, soupirs qui le demandent, *Te Deum* et *Stabat*, gémisse-ments de la pénitence, élan d'amour, prière du pauvre publicain, appel du centenier, cris du lépreux, pleurs

Toutes les routes lui amenaient des pèlerins. (Page 247.)

de la Madeleine, adoration des bergers, tout ce qu'aux grands jours de l'Évangile, le Sauveur avait entendu de l'humanité suppliante, tout ce que l'âme humaine peut dire et demander à Dieu, tout était dans cette voix, tout s'entendait dans ce murmure..... »

« Le jour de la fête, dès quatre heures du matin, des messes furent dites dans toutes les chapelles, le pain de vie fut distribué aux pèlerins, et l'abbé offrit pour le peuple le saint sacrifice.

» Le soir se fit une procession solennelle. L'abbé, assisté d'un nombreux clergé, vint prendre sur l'autel le Saint-Sacrement, et, précédé de tous les bénédictins, s'avança processionnellement à travers la foule à genoux.

» Lorsqu'il descendit les degrés de l'église, portant sous un dais le Dieu fait homme, le ciel était voilé, la nuit profonde ; on n'apercevait de toute l'abbaye qu'une croix de feu et le reflet, à travers les vitraux, des lampes brûlant devant l'autel. L'immense place, tout à l'heure vide, avait disparu sous les flots pressés des pèlerins ; la longue file des religieux, un cierge à la main, traçait à travers ces masses une ligne mobile et lumineuse et, de distance en distance, des flammes détachaient de l'obscurité quelque groupe à l'attitude respectueuse et à la figure recueillie. Le reposoir était élevé de l'autre côté de la place ; le feu en dessinait les colonnes, la voûte, le tabernacle et l'autel ; et la Vierge, comme l'avait vue saint Jean, le croissant sous les pieds et couronnée d'étoiles, y présentait son Fils à la vénération du monde.

» Dans le fond, sur le bourg illuminé, se projetait l'ombre gigantesque des montagnes lointaines ; le vent, venu des glaciers, courbait les hauts sapins devant la majesté de Dieu, et mêlait au bruit du canon, au son des cloches, aux gémissements de l'orgue, aux chants des prêtres et des fidèles, son grave et majestueux murmure. Arrivé au reposoir, le prélat, entouré de ses religieux, entonna ces belles hymnes eucharistiques que les saints ont composées et que répètent les anges. Puis il se tourna vers le peuple pour donner la bénédiction.

» Alors tout fut recueillement et silence. Tous les fronts étaient à terre, toutes les âmes aux cieux ; on ne priait plus, on adorait ; et, au moment où, à la voix du prêtre, la Sainte Trinité elle-même descendit pour nous bénir, du haut du ciel, qu'entrouvrait leur foi, les pèlerins virent la Vierge d'Einsiedeln qui souriait à leurs hommages, et chacun entendit au fond de son cœur une voix qui disait que sa prière était acceptée et son pèlerinage accompli. »

Comme si la distance et le temps obéissaient à la pensée de l'évêque de Lausanne et Genève, nous le retrouvons, peu de jours après cette grande solennité, prêchant une retraite à Fourvières, dans l'église de

Saint-François de Sales, pour *l'OEuvre générale des pauvres malades*. Et soudainement il se retrouve à Rolle, petite paroisse de son diocèse qui célébrait le quarantième anniversaire de sa fondation et de la consécration de son église ; là encore il prêche, il bénit et, de plus, il baptise. M. de Sonnenberg, instructeur dans l'armée fédérale, lui ayant demandé de verser l'eau sainte sur le front de son fils nouveau-né, le prélat se prêta aimablement à ce désir.

Puis les tournées épiscopales recommencent ; aujourd'hui c'est à Yverdon, jolie ville assise sur les bords du lac de Neuchâtel ; demain c'est un petit hameau qui attend son évêque ; un autre jour c'est ce grand village protestant de la Chaux-de-Fonds, qui compte vingt-cinq mille habitants, et dont la paroisse catholique tressaille à la pensée que le bon Pasteur va venir au milieu d'elle.

Dans cette dernière localité on avait surpris un jour ce petit dialogue entre deux jeunes horlogers protestants :

— Il paraît, disait l'un d'eux, que l'évêque Mermillod vient d'arriver ici ?

— L'évêque Mermillod... qu'est-ce que cela ?

— Mais, tu sais bien ! c'est ce casseur d'assiettes de Genève.

Le mot, répété à Mgr Mermillod, l'amusa beaucoup, il ne se connaissait pas cette singulière attribution.

Durant ces perpétuels voyages, Mgr Mermillod s'oc-

cupait à prier ou à lire. Dès qu'il était installé dans un
wagon, ou qu'il avait pris place dans une voiture, il
commençait à réciter la prière liturgique des voyageurs.
Si, durant le trajet, un danger était signalé, il se recommandait aussitôt à son ange gardien et tandis qu'autour de lui tout le monde était en proie à une terreur
bien justifiée, il restait calme sans qu'un geste ou une
parole pût faire soupçonner la moindre inquiétude.

Quand il avait fini ses prières et achevé la lecture
des journaux qu'il lui importait de voir, le prélat fer-
mait les yeux et réfléchissait, mais il lui arrivait souvent d'être tiré de sa méditation par des visiteurs auxquels il n'échappait pas, même en wagon. Ces ren-
contres en chemin de fer lui fournirent plus d'une
fois l'occasion d'exercer son apostolat.

Des hommes du monde, des diplomates, des fonc-
tionnaires haut placés, profitèrent souvent de ces rap-
prochements momentanés et providentiels pour ouvrir
leur cœur au ministre de Jésus-Christ et se confesser.

Enfin l'année s'achève, mais le travail pour
Mgr Mermillod ne s'achève, ni ne se ralentit jamais.
Dès les premiers jours de 1884 nous le trouvons à
Lyon prêchant une nouvelle retraite ; puis, c'est dans
son église collégiale qu'il adresse aux hommes une
série de conférences dont rien ne surpasse l'élévation
de pensées.

En même temps des travaux de tout genre le solli-
citent : ce sont des mandements de carême, de nou-

velles visites pastorales, des bénédictions de cloches ;
partout il prêche et rencontre des cœurs avides de
recevoir la sainte parole. Il songe à rétablir le synode
diocésain et après trois siècles d'interruption le diocèse de Lausanne put tenir de nouveau ses solennelles
assises.

Çà et là il y eut pour le prélat quelques fêtes de
cœur, quelques heures rapides données à l'amitié. Au
premier mois de l'année, il reçut la visite d'un ami
bien cher, le cardinal Caverot, archevêque de Lyon et
vit avec joie tout son peuple de Fribourg acclamer ce
prince de l'Eglise. « Je suis fier de vous, disait à l'issue
de la journée Mgr Mermillod, je suis fier de vous à trois
titres : comme évêque, comme catholique et comme
ami. »

Vers la fin de la même année il apprend que Mgr Marilley, son vieil évêque, qui achève dans la retraite une
vie pleine de mérites, célèbre le quatre-vingtième anniversaire de sa naissance et de son baptême. Toute la
paroisse de Châtel-Saint-Denis était en fête et le prélat,
malgré son grand âge, adressait du haut de la chaire
de douces et saintes paroles aux fidèles réunis, quand
on reçut un télégramme de Mgr Mermillod annonçant
la bénédiction papale et s'associant à la joie générale.

L'attention était délicate, il n'y eut de plus touchant
que l'épisode des douze vieillards, amis d'enfance de
Mgr Marilley qui, pendant le dîner, furent introduits
auprès du vénérable héros de cette fête de famille.

Une autre joie pieuse de l'évêque de Lausanne et Genève qu'il eut la consolation de rencontrer souvent dans le cours de sa vie, fut de bénir les professions religieuses des jeunes filles qui, au sortir de l'adolescence, choisissent la meilleure part et se consacrent au Seigneur. Ce fut lui qui reçut, au Sacré-Cœur de Conflans, les premiers vœux de mademoiselle de Maistre, fille du comte Charles de Maistre et petite-fille de l'illustre auteur des *Soirées de Saint-Pétersbourg*. « Mon enfant, lui dit-il, confondez dans vos prières l'amour de la patrie qui est notre Église du temps, et l'amour de l'Église, qui est notre patrie de l'éternité.

Par une belle matinée, symbole des prémices de la vie, l'évêque de Lausanne et Genève présidait à Evian la cérémonie d'une autre vêture religieuse au couvent des Clarisses. La jeune novice était une de ses diocésaines et la vie qu'elle allait choisir a un caractère saisissant d'austérité bien fait pour inspirer le Pasteur. Il développa cette parole de l'Ecriture : « Sors de la maison de ton père et viens dans la terre que je te montrerai. » Et cette autre de saint-Paul : « Revêtez-vous de Jésus-Christ. » La vêture religieuse est une application du mot profond de l'apôtre ; c'est le vêtement de la grâce. Jésus-Christ s'est revêtu de l'humanité par l'incarnation ; il s'est revêtu des apparences sacramentelles dans l'Eucharistie ; il a dans le tabernacle une vie cachée et immolée. Ainsi le saint habit religieux est le vêtement de l'immolation et de l'humilité.

Ce fut lui qui reçut, au Sacré-Cœur de Conflans, les premiers vœux
de Mademoiselle de Maistre... (Page 256.)

L'evêque reçut les vœux de la jeune fille et après le
chant du *Veni Creator* la conduisit processionnellement
à l'entrée du couvent, où la supérieure accueillit la
nouvelle victime de l'amour de Jésus et ferma pour
jamais sur elle les portes de la clôture. Ce moment,
des plus solennels, arracha des larmes aux assistants,
l'évêque lui-même fut ému : n'était-ce pas lui qui
avait ouvert le sanctuaire et dressé l'autel du sacrifice.

Une œuvre dont la magistrale grandeur et la splendide beauté rayonne sur notre époque, attirait alors
l'évêque de Lausanne et Genève : il accepta la prési-
dence des Congrès eucharistiques. Nul, mieux que
lui, n'était digne de succéder aux Ségur, aux La
Bouillerie, aux Duquesnay et de contribuer à l'exten-
sion de l'œuvre préférée de ces saints évêques. Son
infatigable apostolat qui l'avait fait connaître du
monde entier, son éloquence, le charme de son esprit,
la constance de son zèle, la sûreté de sa doctrine, l'ascendant qu'il exerçait et la sympathie générale qu'il
savait inspirer le désignaient à ce choix. Aucun poste
d'ailleurs ne pouvait lui être plus cher. Sa piété le
portait sans cesse vers le Très-Saint-Sacrement; la
gloire du divin Maître présent au tabernacle fut sa
constante préoccupation. *N'avait-il pas récemment
fondé les Oblats du Très Saint Sacrement*, spécialement
voués à rehausser, par tous les moyens possibles, le
service, le culte et le règne eucharistique de Notre
Seigneur Jésus-Christ.

Le choix de l'évêque de Lausanne et Genève semblait indiquer le choix du lieu : la ville de Fribourg
fut désignée et la séance d'ouverture du Congrès
eucharistique fixée au mois de septembre 1885. Le
Pasteur se surpassa pour rendre vraiment belles ces
fêtes qui ne le cédèrent en rien aux congrès précédents de Lille, d'Avignon, de Liège. Mais au milieu de
tant de saintes et remarquables paroles qui y furent
prononcées, le joyau le plus pur et le plus précieux
fut incontestablement la parole inspirée de Mgr
Mermillod.

La sublimité du sujet, la solennité de la réunion, la
présence des évêques, la société d'élite qui prenait
part aux délibérations, tout, durant les quatre jours
du congrès, semblait prêter à Mgr Mermillod une
vivacité de sentiment, une parole plus que jamais
instructive et saisissante. Quand il eut achevé son
dernier discours, l'assemblée entière se leva pour l'applaudir d'abord, puis pour l'acclamer et avec lui les
autres évêques présents.

Durant les jours du Congrès le Très-Saint Sacrement
resta constamment exposé dans l'église de Notre-Dame
et l'adoration nocturne se fit par un grand concours
de fidèles.

A un an de là, un autre Congrès, celui des œuvres
sociales, amenait à Liège Mgr Mermillod. La crise,
sociale, cette question palpitante qui tient en suspens

sur le chaos qui se prépare, les regards inquiets de
tous les penseurs, de tous les économistes de notre
époque, cette question, Mgr Mermillod l'a fouillée dans
tous ses replis ; il a étudié le mal de près et cherché
le remède avec passion. Son opinion sur ce sujet brûlant est une autorité ; il le traite avec une grande élévation de vue, comme évêque et comme chrétien, et
prononce ces remarquables paroles :

« Les solutions purement économiques sont insuffi-
santes : elles n'aboutissent souvent qu'à rendre les
haines plus âpres, les divisions plus odieuses.

» La solution catholique est là, vieille comme Jésus-
Christ. L'Eglise fête aujourd'hui saint Michel ; dans la
liturgie de ce jour se rencontrent ces mots avec lesquels l'archange terrassa les rebelles : *Quis ut Deus ?*
Dans le monde aussi : *Quis ut Deus ?*

» Cessons donc de jeter nos ancres dans des eaux
bourbeuses et troublées. Dans la religion seule est le
salut. Jésus-Christ est la vie du monde ; il en est la
lumière, l'*alpha* et l'*omega*.

» Ne méprisez, dit-il à ses disciples, aucun de ces
petits, et fidèles à cet ordre, partout où un ouvrier sera
dans la souffrance et les pleurs, en dépit du blasphème
ou de l'insulte, j'irai à lui.

» Ainsi ont fait, dans les catacombes, ces jeunes
femmes, ces vierges, illustrations de Rome ! Elles
allaient au pauvre esclave païen. Viens, lui disaient-
elles doucement, viens prier avec nous ! Au pied de

nos autels, tes chaînes tomberont, tu te sentiras libre
et tes travaux bénis, tu te trouveras dans l'assemblée
des frères, sous le regard d'un père divin, tu mangeras
et tu boiras le Dieu de toute miséricorde ! Et l'esclave
relevé ne sortait des catacombes que le cœur plein de
tendresse.

» De nos jours, c'est dans les catacombes aussi que
l'on réunit les esclaves ; dans les catacombes des société secrètes, mais ils en sortent pour brûler les palais
et tuer des archevêques.

» Et le mal s'étend à l'univers entier.

» Pour s'opposer au torrent, il faut faire œuvre de
lumière ; il faut être des hommes d'action. Il faut
montrer à l'ouvrier la lumière qui est Jésus-Christ et
faire retrouver à ce Dieu Sauveur la grande place à
laquelle il a droit dans le cœur de tous ; et le chrétien
doit hâter le règne de Dieu en se montrant homme
d'action. « Ne nous contentons pas, poursuit l'évêque,
de gémir sur le mal ; ne soyons pas de ces saules pleureurs qui ne savent que flotter tristement au vent du
soir, inclinés sur des tombes.

» Notre espérance ne doit pas se bercer de ce rêve
agréable qu'ici-bas le bien se fera sans nous, sans notre
action. Ne nous fions pas aux faux prophètes qui nous
promettent à date fixe un triomphe dans lequel nous
ne serons pour rien : « J'ai là, me disait Pie IX, tout un
cabinet rempli de ces prophéties, je les y laisse se dis-
puter entre elles ! »

» Des prophéties de ce genre ne sont qu'un oreiller pour la paresse. Arrière donc ceux qui ne savent vivre que de ces rêves ou ne nous donnent que ces jérémiades! Mais arrière aussi le découragement. » « N'oubliez pas que vos pères ont triomphé de bien d'autres épreuves, qu'ils ont vécu trois siècles aux catacombes, et qu'ils ont fini par en sortir pour commander au monde. Souvenez-vous, Liégeois, que, si Lambert tombe martyr, Hubert vient après lui pour faire la cité.

» Le pieux abbé de Maredsous me permettra donc de lui emprunter une parole — on peut bien se laisser prendre quelque chose quand on a par devers soi quinze siècles, — c'est la parole de son père, saint Benoît. Voyant les barbares s'avancer pour envahir le monde, il donnait à ses fils cette consigne sacrée qui devait les faire triompher de la barbarie : *Ora et labora*, prie et travaille !

» Où pourrait-on mieux la redire, cette parole, que dans la ville où se tient le Congrès des œuvres sociales et où se tenait naguère le Congrès des œuvres eucharistiques, — dans la ville où, après avoir acclamé Dieu dans le pauvre du tabernacle, vous le saluez encore dans le pauvre de l'usine.

» Un jour, devant cette charmante cité d'Assise suspendue aux coteaux de l'Ombrie, et toute parfumée des souvenirs poétiques de saint François, les Sarrasins se présentèrent ; ils montent à l'assaut des remparts.

La résistance est impossible. Mais tout près de ces remparts, il y avait un humble couvent de femmes. Dans ce couvent, une femme vêtue de bure — c'était sainte Claire — ouvre alors la porte du tabernacle, prend l'Eucharistie; de la petite fenêtre de sa cellule, elle le montre à cette armée d'ennemis et tous s'enfuient !

» Chrétiens, membres du Congrès, tenu dans cette ville de Liège, cité de sainte Julienne et institutrice de la Fête-Dieu, — à vous de nous défendre aussi des attaques de ce peuple trompé, lancé à l'assaut contre la société et la foi. A vous de lui montrer aussi Jésus-Christ ; il y verra la lumière, il y verra le salut; mais au lieu de fuir, il tombera à genoux et l'adorera avec nous. »

On raconte que des acclamations enthousiastes couvrirent ces derniers mots; cette improvisation, dont on ne peut rendre la grâce, le charme, la grandeur et l'ardeur enflammée, avait ravi tout le monde, et il fallut laisser se prolonger pendant quelque temps les manifestations de l'auditoire transporté.

L'évêque voyait de haut et de loin ! Depuis quelque temps surtout on comprend toute la lucidité de cette remarquable intelligence. Son grand discours sur la *Question ouvrière* donné à Paris, dans l'église de Sainte-Clotilde, et qui avait si grandement scandalisé la haute aristocratie du noble faubourg, n'était, comme il l'a si bien dit, « qu'un cri précurseur. » Il serait aujourd'hui *dans le mouvement*, pour parler le langage moderne : Mgr Mermillod a été véritablement prophète.

Au milieu de ces triomphes sans cesse renaissants, l'âme de l'évêque reste calme et indifférente à tout ce qui n'est pas *l'œuvre de Dieu*. Il y avait bien longtemps qu'il avait dit au lendemain d'une manifestation que le respect du sanctuaire n'avait pu contenir : « Plus j'avance dans la vie, plus j'ai soif d'obscurité ; hélas ! le bruit n'est pas le fruit ; dans les premières années, le cœur s'émeut du retentissement qui se fait autour de son nom, plus tard on éprouve une lassitude de ce *tapage*. »

Sous cette même impression de dédain pour la gloire de ce monde il avait écrit un jour à un ami qui, dans une courte étude biographique, avait retracé les grands traits de sa vie : « J'ose dire, monsieur, que vous avez mieux fait que du *réalisme industriel*, vous avez peint un idéal que je voudrais atteindre. Hélas ! j'en suis loin, et avec plus de raison que ne le disait saint François de Sales, mon saint et mon Père, je vous répète ces mots : « *Je suis la fleur de la misère humaine !* » Vous avez vu la fleur, mais je sais ma misère. »

« Merci de votre affectueuse tendresse, mais non pas merci de vos louanges, parce qu'à notre insu, nous, porteurs de la parole sainte, nous participons quelque peu au besoin de la gloriole littéraire et il y a dans l'éloge, même le plus délicat, un péril d'énervement pour nos âmes, et vous savez que je combats les *amollis*. »

Parfois même les lointaines aspirations de sa jeunesse, qui lui avaient fait rêver souvent la paix du cloître dans l'étude, la prière et l'apostolat, remontaient à son cœur et c'est pour satisfaire dans la mesure du possible ces pieux et irréalisables désirs qu'il avait sollicité et obtenu du Pape Pie IX l'autorisation de s'enrôler successivement dans les deux Tiers-Ordres de saint François et de saint Dominique. Mais Dieu l'avait placé dans l'arène militante, le besoin de l'action était chez lui le grand besoin ; dans la même lettre écrite avant son exil, il s'applaudit de ce que, grâce au chemin de fer, il a pu évangéliser Paris et Genève presque à la même heure : « Samedi passé, à six heures, j'étais à Paris et le lendemain, dimanche des Rameaux, à trois heures, je prêchais à Notre-Dame de Genève. »

Le temps n'avait fait que développer ce double sentiment dans l'âme de l'évêque : le désir du silence dominé par la nécessité d'agir, et sa vie continuait de s'écouler de la même manière ; les conférences succédaient aux conférences, les retraites aux retraites, les œuvres de charité et de zèle aux œuvres de charité et de zèle. Quand on recueille, épars dans les journaux de l'époque, le récit de ces perpétuels travaux, on se sent pris d'éblouissement et de vertige et l'on se pose cette question qui paraît insoluble : Quand donc l'évêque se

reposait-il ? Car pour agir ainsi il fallait y être préparé
par des études sérieuses et approfondies ; posséder
une véritable érudition à laquelle aucun sujet n'était
étranger. Sans doute il avait pris pour devise : « Un
prêtre de Jésus-Christ ne doit se reposer jamais » ; mais
comment la nature suffisait-elle à porter ce mouvement incessant de l'intelligence et de l'âme ; comment
ces fatigues corporelles, ces pieux excès dans la pour-
suite du bien n'arrivaient-ils pas à tuer cet infatigable
lutteur ? Et quand on songe que celui qui dévorait
ainsi le temps, l'espace et le travail était resté, chez lui,
l'homme aimable, spirituel, distingué que nous avons
connu à Genève, on ne peut se défendre d'une sincère
admiration. Rien n'avait altéré sa douce mansuétude ;
sa voix avait gardé, dans l'intimité, des accents d'une
grâce inimitable et toute sa personne un charme de
séduction que l'âge semblait avoir développé. L'agré-
ment de son commerce ne peut être décrit à qui n'en a
pas joui ; nul ne savait comme lui stimuler les âmes
les plus molles, exciter les désirs du bien, relever les
courages par la pensée de la volonté de Dieu. Son
amour pour la vérité n'était pas une des moindres
qualités de cet homme dont l'indépendance sacerdotale resta toujours debout en face de l'erreur et de la
persécution et qui n'aurait voulu pour rien au monde
se faire « la renommée d'un esprit conciliant au détri-
ment de l'Église et de la Vérité. »

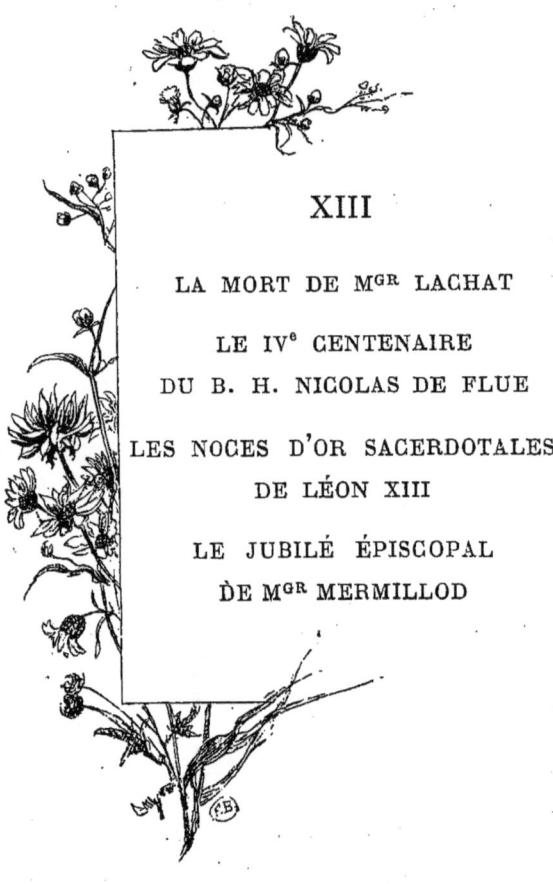

XIII

LA MORT DE MGR LACHAT

LE IVe CENTENAIRE
DU B. H. NICOLAS DE FLUE

LES NOCES D'OR SACERDOTALES
DE LÉON XIII

LE JUBILÉ ÉPISCOPAL
DE MGR MERMILLOD

CHAPITRE XIII

LA MORT DE MGR LACHAT. — LE QUATRIÈME CENTENAIRE DU BIENHEUREUX NICOLAS DE FLUE. — LES NOCES D'OR SACERDOTALES DE LÉON XIII. — LE JUBILÉ ÉPISCOPAL DE MGR MERMILLOD.

DES deux éminentes victimes de la persécution de 1873, l'une venait de retourner à Dieu, à l'autre incombait l'honneur d'en retracer les vertus. Son Excellence Mgr Lachat, ancien évêque de Bâle, administrateur du Tessin, archevêque de Damiette, avait rendu le dernier soupir le 1er novembre 1886 ; le 10 du même mois, Mgr Mermillod prononçait son oraison funèbre dans l'église de saint Laurent à Lugano. Après avoir peint cette belle vie d'évêque persécuté, d'apôtre confesseur de la foi, il raconta d'une voix attendrie les derniers instants du vénéré prélat auxquels il avait assisté.

« Nous nous efforcions de voiler nos larmes, de comprimer les désolations de notre cœur pour remplir le douloureux et consolant ministère des suprêmes secours de la religion. Le signe de notre Rédemption reposait sur la poitrine du mourant ; l'huile sainte dans nos mains, fidèle à la liturgie, nous répétions la profession de foi catholique, apostolique et romaine ; nous parlions de Jésus notre Sauveur clément et miséricordieux ; nous lui demandions l'acceptation de la mort comme de l'holocauste qui couronne les immolations de sa vie. Sa tête se relève alors, ses yeux s'illuminent, son visage s'empreint d'une douceur ineffable, ses lèvres s'entr'ouvrent et disent : *Oui, oui, de tout cœur !...* elles se ferment pour baiser les pieds du Sauveur qu'il a servi, aimé et confessé toujours. La cérémonie sainte accomplie, la bénédiction apostolique de notre Père, le chef de l'Église, communiquée, nous nous agenouillâmes plus près de lui encore, et dominant nos angoisses nous lui avons dit : « Pontife, frère et ami, bénissez notre patrie, qui vous fut toujours chère, vos deux familles de Bâle et du Tessin, vos prêtres, vos amis, vos ennemis, que dis-je ? Vous n'en avez pas, mais du moins ceux qui ont méconnu les devoirs de votre conscience et les suavités de votre cœur !... Bénissez-moi... »

Ses membres n'obéissent plus à sa volonté ; par un

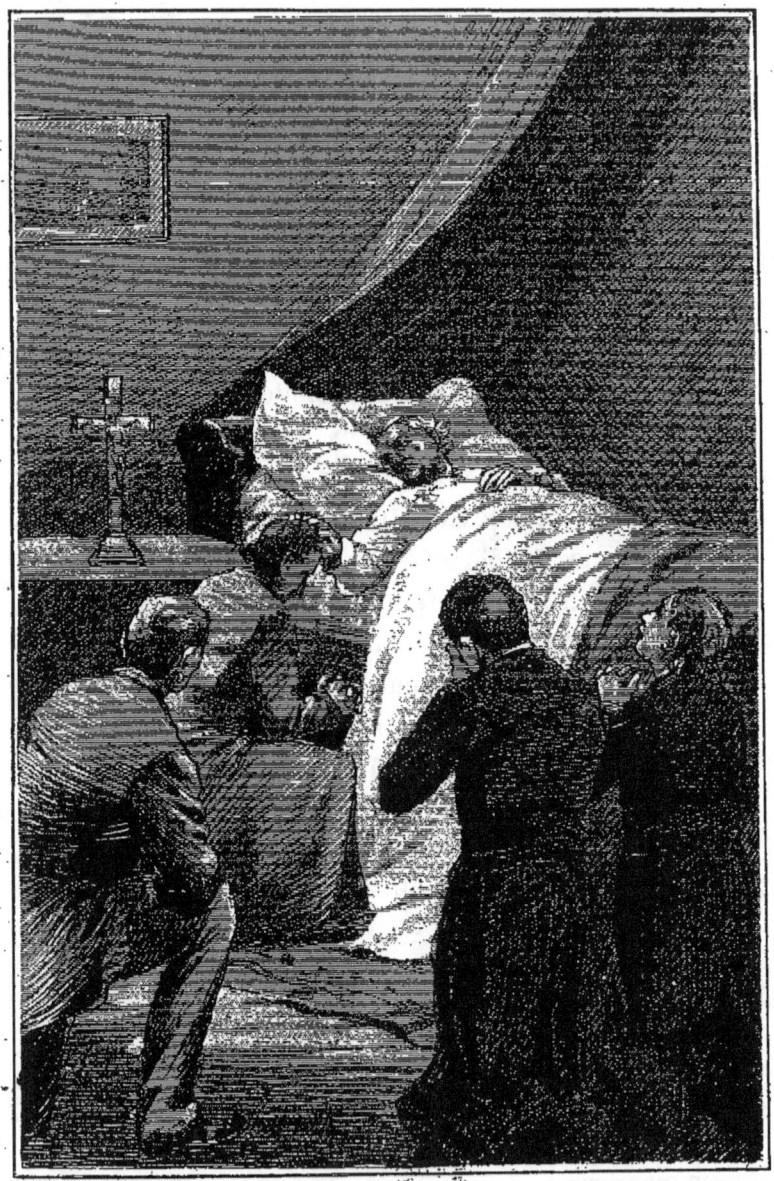

Par un énergique effort, sa main droite se lève, se pose sur ma tête... (Page 275.

énergique effort sa main droite se lève, se pose sur ma tête et son cœur nous bénit tous !

L'agonie se prolonge trois jours encore ; elle fut douce et sublime par sa résignation. Vers l'aube de la fête de tous les saints, l'âme du confesseur de la foi brise les liens qui la retiennent à la terre ; elle s'envole dans l'éternelle cité. Les paroles de saint Bernard seules exprimeront notre brisement et nos espérances : « Nous chantons la fête des saints et nous pleurons... A nous qu'il laisse ici-bas, le deuil et les larmes restent..., à lui, l'immortelle fête. »

Cette mission sainte et douloureuse de rendre à ses frères dans l'épiscopat cet hommage de la piété et de l'affection fut souvent confiée à Mgr Mermillod. De nombreux évêques suisses ou français, des prêtres éminents ont reçu de lui ce témoignage suprême du respect et de l'admiration.

En 1872, il faisait l'éloge de M. Duguerry, curé de la Madeleine, l'une des victimes de la Commune, et rappelait éloquemment cette parole du martyr peu de jours avant sa mort : « Si je savais que mon sang fût utile à la religion, je me mettrais à genoux devant ceux qui m'ont arrêté pour les prier de me fusiller. »

Dix ans plus tard, il prononçait la belle oraison funèbre de Mgr de la Bouillerie.

Peu de mois après avoir adressé à Mgr Lachat le dernier adieu, il fit l'oraison funèbre de Son Eminence le cardinal Caverot, primat des Gaules, un des amis les plus chers à son cœur.

En tant de circonstances analogues, il sut trouver des accents nouveaux pour décrire des vertus identiques et peindre sous les couleurs les plus délicates et les plus variées le sentiment divin qui remplit toute âme vraiment épiscopale. Mais s'il savait admirablement faire estimer et aimer. Ceux qu'il avait lui-même aimés et estimés, à quelle hauteur ne s'élevait-il pas lorsqu'il s'agissait de célébrer la gloire des saints triomphants dans le ciel : on eût dit alors qu'il avait saisi quelque chose des divines harmonies et qu'irrésistiblement entraîné vers les sphères supérieures, il voulait y faire monter avec lui les âmes altérées de saintes jouissances. C'était plus qu'une parole humaine, c'était une mélodie mystique, c'était la lyre des anges accompagnant les chants inspirés de prophètes. Le panégyrique de Jeanne d'Arc, celui de Germaine Cousin, de Mgr Daveluy, le martyr des sauvages de Corée, de la bienheureuse Françoise d'Amboise, prononcés il y avait vingt ans, avaient atteint le sublime. Ces notes restées vibrantes dans les souvenirs furent reprises par l'orateur avec un éclat plus vif encore, s'il est possible, dans le panégyrique d'un humble fils de l'Hélvétie. Il y a dans ces discours de tels jets de lumière que le reporter le plus habile n'a jamais réussi à les rendre complètement ; la sténographie elle-même s'est montrée impuissante et les discours écrits de Mgr Mermillod ne seront jamais qu'un pâle reflet de ce qu'ils furent pour ceux qui les ont entendus : on ne saisit pas l'éclair ; on ne fixe pas le scintillement des étoiles.

La patrie suisse célébrait le quatrième centenaire du Bienheureux Nicolas de Fluë, l'illustre vieillard qui, à la Noël de l'année 1481, avait pacifié son pays. Après la victoire des Suisses sur Charles le Téméraire, le partage du butin était vivement disputé et la discorde près d'éclater entre les confédérés, lorsqu'un vénérable ermite apparut tout à coup au sein de la diète de Stanz, et, par ses paroles persuasives et patriotiques, réussit à maintenir la paix.

Le « frère Nicolas » qui sortait ainsi de sa retraite, n'y avait pas toujours vécu; issu d'une honorable famille d'Unterwald, il avait d'abord cultivé la terre, élevé une nombreuse famille et servi son pays comme magistrat et comme soldat, puis, arrivé au seuil de la vieillesse, il avait quitté sa femme et ses dix enfants et était venu dans la sauvage grotte de Ranft, près de Sachseln, se rassasier de méditation et d'austérités. Il y vivait depuis vingt ans sans autre nourriture que la divine Eucharistie, quand il apprit avec une profonde douleur, les progrès croissants de la discorde parmi ses compatriotes; il quitta aussitôt sa cellule et vint dire aux députés des villes et des campagnes : « Vous êtes devenus forts par la puissance de vos bras réunis, et vous allez vous diviser pour un vil butin ! Ah! que le bruit de votre déshonneur ne se répande pas dans les contrées voisines ! Vous, députés des villes, renoncez à des droits qui blessent d'anciens confédérés, et vous, représentants des campagnes, rappelez-vous les combats que Fribourg et Soleure ont soutenus à vos côtés ; recevez-les dans votre alliance ; mais n'étendez pas trop la barrière qui vous enferme : ne vous mêlez pas des querelles étrangères. Loin de vous la pensée d'accepter de l'or pour prix de la patrie. »

L'ascendant du saint anachorète domina les rancunes : Fribourg et Soleure furent admis dans la Confédération et le son joyeux des cloches annonça à toute la Suisse l'heureux événement.

Le pieux messager de la paix s'en retourna tranquillement dans sa solitude, où il mourut le 21 mars 1487, laissant dans tout le pays la réputation d'un saint.

Après quatre siècles écoulés, en 1887, la vénération du peuple pour le sauveur de la Confédération s'affirmait avec une solennité nouvelle. De tous les points de la Suisse des pélerinages arrivèrent au cœur même de la patrie, dans le pittoresque Obwalden qui fut le berceau et qui garde le tombeau de notre saint national. La vallée alpestre et romantique du Melchtahl voyait chaque jour des bannières nouvelles s'arrêter devant la chapelle du Bienheureux et l'ermitage du Ranft ; la belle église de Sachseln, qui possède les restes vénérés du « frère Nicolas », était trop étroite pour contenir les foules recueillies qui venaient remercier l'humble pacificateur. Mgr Mermillod voulut accompagner lui-même le pélerinage des hommes de son diocèse. A la splendide procession de Sachselm huit cents Fribourgeois entouraient Sa Grandeur qui avait revêtu pour la cérémonie ses plus magnifiques ornements épiscopaux, et qui sut donner à cette catholique manifestation un cachet de majesté, dont les vigoureuses et honnêtes populations de la Suisse primitive garderont le souvenir. La dignité du prélat, sa belle parole, l'attitude de son peuple priant et chantant, celui qui quatre cents ans auparavant avait noblement et courageusement servi leur cause, inspirait le respect et communiquait l'émotion.

Presque à la même époque, l'évêque de Lausanne et Genève faisait célébrer dans sa ville épiscopale, avec une pompe inusitée, la fête du bienheureux Canisius, ce grand religieux du seizième siècle dont les restes vénérés reposent dans l'église du collège Saint-Michel à Fribourg. Il espérait sans doute attirer plus spécialement sur ses travaux et ses projets la protection du saint Jésuite : une création nouvelle, grande et éminemment utile, mais d'une difficile exécution occupait sa pensée : il s'agissait de fonder à Fribourg une université internationale catholique et l'évêque voulait intéresser à cette cause de l'instruction de la jeunesse le bienheureux Père Canisius qui trois siècles auparavant avait évangélisé ce même pays. C'est à ce sentiment qu'il obéit encore lorsqu'il fit sculpter pour l'exposition vaticane, à l'occasion des noces sacerdotales de Léon XIII, une grande et belle statue du célèbre théologien. Le sentiment exquis de l'évêque qui s'était mêlé, pour cette œuvre, à l'inspiration de l'artiste, fit de cette statue une véritable œuvre d'art. On avait déjà admiré, dix ans auparavant, la délicatesse de son goût, dans l'anneau pastoral, qu'au nom de son peuple de Genève, il avait offert à Pie IX pour son jubilé épiscopal. Cette petite merveille artistique, exécutée sur un programme de Mgr Mermillod, attira l'attention des connaisseurs et au milieu de toutes les splendeurs qui affluèrent alors à Rome, on en vit peu d'aussi finement conçues et d'un goût plus parfaitement épuré.

Cette profonde intuition du beau, du bien, du vrai, dans leurs mille applications, inspirait à Mgr Mermillod le désir de voir se développer dans la jeunesse toutes les facultés nobles et élevées; aussi ne faut-il pas s'étonner s'il poursuivit et caressa le projet de créer des écoles supérieures catholiques. L'idée de l'enseignement universitaire religieux était chez lui très ancienne de date ; il avait suivi avec un intérêt anxieux les luttes mémorables des hommes les plus illustres de notre temps pour la liberté de l'enseignement en France, et quand, le 15 mars 1850, la loi fut adoptée à une grande majorité, il fut le premier à y applaudir et à rêver pour son pays le même bienfait. Depuis plus d'un quart de siècle, il avait travaillé de

concert avec le savant Mgr Greith à la réalisation de
cette œuvre. Sous son impulsion elle a enfin vu le
jour. L'université fribourgeoise est actuellement vi-
vante et en voie de prospérité. Le zélé et infatigable
évêque en a béni le berceau avec un réel bonheur. Il
savait trop quelle est l'influence du maître sur l'esprit
des élèves pour ne pas souhaiter voir partout, de l'é-
cole enfantine à la chaire de philosophie, des maîtres
profondément chrétiens. Dans le ravissant panégyrique
qu'il prononça à Lyon en 1888, du bienheureux La
Salle, le fondateur des écoles chrétiennes, il a admirablement fait ressortir cette pensée en donnant un
portrait exact et poétique de l'humble frère, maître
d'école : « Le frère quitte, à l'âge des douces illusions,
sa petite chaumière ; il dit adieu aux fleurs de sa prai-
rie, à ses parents qui le chérissent, à ses amis ; il ira
absorber la poussière d'une classe dans des cités qui le
méconnaissent, où il ne rencontrera aucune des pures
affections de sa jeunesse ; et il continuera pendant
vingt, trente, peut-être cinquante ans, cette monotonie
dans le dévouement. C'est la société des immolés à la
suite du Crucifié du Calvaire. Quel contraste entre le
ricaneur du dix-huitième siècle disant : le peuple ne
mérite pas d'être instruit, et ce bienheureux faisant
vœu d'instruire le peuple ! Voilà pourquoi sa fête est
la fête du peuple. »

L'année qui suivit s'ouvrit par un deuil et se termina
par une fête. Le deuil, fut la mort du pieux vieillard

qui avait été sur le siège de Lausanne et Genève le pré-
décesseur de Mgr Mermillod. Le vénérable archevêque
rendit son âme à Dieu le 18 janvier 1889. Mgr Mermillod lui avait fait visite les jours précédents et avait
demandé à ses diocésains des prières pour le saint octo-
génaire. C'est un deuil pour mon cœur, disait-il en
parlant de Mgr Marilley, il m'avait marqué de l'onction sacerdotale et préparé au service de la sainte
église. »

La fête fut le vingt-cinquième anniversaire de la
consécration épiscopale de Mgr Mermillod. Il eut voulu,
disait-il, passer ce jour *natal* de son ordination d'é-
vêque dans la solitude et dans la prière, mais l'honneur de la religion et les plus anciens canons de l'é-
glise lui défendent de s'opposer aux fêtes qu'on lui
prépare. Ce qui l'effraie en ce mémorable aniversaire,
c'est le sentiment de son indignité : « Dans une vie où
l'activité forcée des temps actuels appauvrit trop souvent la sève intérieure, où la nécessité des œuvres peut
diminuer parfois l'esprit d'oraison et le sens surnatu-
rel, où il est si difficile de marcher entre les témérités
provocatrices et les lâchetés fléchissantes, que d'esprit propre a pu se glisser dans ce qui paraît aux yeux
des hommes l'ardeur du bien et n'est peut-être que
l'élan de la nature ! Nous ne sommes réellement que ce
que nous sommes sous le regard clairvoyant du Juge
des justices. »

Et l'évêque demande avec larmes que tous prient

pour lui, les prêtres, les fidèles, les pauvres surtout et
les petits enfants. Il s'humilie devant le Seigneur et
devant son peuple à l'approche des fêtes qui lui sont
réservées. Elles dépassèrent tout ce que l'on avait attendu; sept évêques virent entourer l'illustre prélat,
les cérémonies de l'église revêtirent une grande pompe
et les manifestations de la ville de Fribourg furent
superbes : de toutes parts arrivèrent à Mgr Mermillod
des témoignages d'admiration et d'affection : des
lettres, des adresses, des télégrammes ; on lui fit des
discours, on lui offrit des vers. Le canon, les cloches,
la musique unirent leurs voix ; il y eut des illuminations, des toasts et des banquets : c'était le prélude de
la fête plus belle encore que lui réservait son prochain
avenir.

L'écho de ces journées triomphales éclaira d'un dernier sourire les lèvres mourantes d'un bon vieillard,
M. l'abbé Jacques Pictet, qui avait fait, il y avait plus
d'un demi-siècle, le catéchisme au petit Gaspard Mermillod. Le vieux prêtre était resté très fier de son
élève, et, lorsqu'en 1869, Mgr Mermillod l'avait pré-
senté au pape, il avait éprouvé la plus grande joie de
sa vie. Pie IX l'avait félicité du résultat de ses leçons
et lui avait dit avec sa grâce habituelle : « Vous avez
enseigné à Mgr Mermillod la bonne doctrine. »

Quelle que soit l'énergie de la volonté, les forces
humaines ont des limites. Depuis quelque temps déjà la
santé de l'évêque fléchissait ; des symptômes alarmants

se renouvelaient et les médecins conseillèrent un séjour à Cannes. Le malade se soumit, prit congé de ses
prêtres par une lettre-circulaire pleine de sollicitude,
reçut avec une véritable joie la visite du nouvel évêque
de Bâle et Lugano, Mgr Haas, et partit, le 23 novembre,
confiant en une prompte guérison. Sa santé, en effet,
parut s'améliorer et deux mois plus tard on apprit que
l'évêque de Lausanne et Genève avait pu entreprendre
le voyage de Rome, où il arriva heureusement. Ce qui
l'amenait c'étaient les derniers arrangements relatifs
à l'installation définitive de l'Université catholique de
Fribourg. Les difficultés furent aplanies, Léon XIII
souscrivit aux désirs de l'évêque. On décida de confier
aux frères et disciples de saint Thomas d'Aquin la
Faculté théologique; des dominicains furent envoyés à
Fribourg et le Pape répondit par un bref d'une extrême
bienveillance à l'adresse que lui avaient envoyée les
professeurs de la nouvelle École.

Sa mission terminée, sa santé raffermie, Mgr Mermillod songea à reprendre le chemin de la patrie;
mais un événement, qu'il n'avait pas prévu, devait
l'en tenir éloigné quelque temps encore.

XIV

LE CARDINALAT

CHAPITRE XIV

LE CARDINALAT

Très Saint Père, avait dit plusieurs fois à Léon XIII Mgr Mermillod, lorsqu'il avait l'honneur d'être admis en sa présence, Très Saint Père, permettez-moi de quitter Rome et de retourner dans mon diocèse; j'ai soif de revoir mes enfants.

— Non, mon fils, répondait le Souverain Pontife, votre présence nous est encore utile, et d'ailleurs il vous est bon de rester ici pour achever de raffermir vos forces.

Enfin, le 15 mai 1890, fête de l'Ascension et jour anniversaire de sa première communion, Mgr Mermillod, appelé par le Pape à une audience particulière, crut qu'il allait obtenir son congé. Il se rendit au Vatican, involontairement soucieux, presque inquiet.

Le saint Père l'accueillit avec la plus parfaite bonté et lui dit aussitôt : « Ce n'est pas une audience de congé; vous devez rester à Rome jusqu'au prochain

Consistoire, car ma volonté est de vous créer cardinal... C'est une récompense légitime, vous avez tant
travaillé et souffert pour l'Église. »

L'évêque, très surpris et très ému, répondit : « Très
saint Père, travailler et souffrir pour la Sainte Église,
c'est déjà le plus grand honneur et la plus haute récompense que Dieu daigne faire à un homme appelé à
cette mission. » — « Cela est vrai, répartit immédiatement Léon XIII, mais la Sainte Église doit être juste et
reconnaissante, c'est pourquoi je veux vous faire cardinal; c'est moi qui vous ai choisi en dehors de toute
intervention. J'ai à cœur aussi de témoigner mon affection pour la Suisse, comme je l'ai fait pour l'Angleterre et les États-Unis. »

Depuis longtemps les travaux, les luttes sans trêve
de Mgr Mermillod pour la défense de l'Église et du
Saint-Siège avaient rendu son nom populaire en Europe, et la nouvelle de son élévation eut un prompt
retentissement. De Rome à Stockholm et de Paris [à
Vienne, on se souvint de ses prédications restées célèbres et de l'exquise délicatesse de son cœur qui avait
gagné tant d'âmes à la Vérité. Les innombrables sympathies qu'il avait suscitées partout lui revinrent dans
un concert de louanges et de félicitations; mais au-
dessus de toutes ces voix, celle de la Suisse s'éleva
vibrante de fierté nationale, débordant de tendresse
pour ce fils prédestiné et pleine de reconnaissance
pour le Souverain-Pontife.

Le mercredi 25 juin 1890 eut lieu au palais du Vatican la remise
de la barrette cardinalice. (Page 291.)

Le vicaire général de Genève, Mgr Broquet, constatant cet élan universel pour l'évêque vénéré, écrivait en annonçant sa promotion au cardinalat : « Quels prélats de la sainte Église, quels personnages distingués, quelles contrées de l'Europe catholique n'avaient pas eu l'occasion de le voir, de l'entendre, de l'admirer, de l'apprécier, de le proclamer un des hommes les plus dignes entre tous de revêtir la pourpre cardinalice ? On connaissait l'activité dévorante, les sueurs et les succès de son apostolat, son zèle ardent pour la liberté et l'exaltation de la Sainte Église, ainsi que pour la sanctification des âmes; la sagesse de sa direction pour celles qui lui demandaient des lumières, l'inépuisable générosité de son cœur, la profondeur et l'exactitude de sa doctrine et surtout, ce qui doit être le trait distinctif d'un membre du Sacré-Collège, son dévouement filial et plein d'obéissance au Saint-Siège. »

Mgr Mermillod fut promu cardinal dans le consistoire du 23 juin 1890, et le mercredi 25 juin 1890, à cinq heures et demie de l'après-midi, eut lieu au palais du Vatican la remise de la barrette cardinalice, par le Souverain Pontife lui-même, aux deux nouveaux princes de l'Église présents à Rome, les Éminentissimes et Révérendissimes cardinaux Sébastien Galéati, archevêque de Ravenne, et Gaspard Mermillod, évêque de Lausanne et Genève.

L'auguste chef de l'Église dit à Mgr Mermillod en lui

remettant la barrette : « Tout le monde sait les
épreuves, les longs travaux et l'exil que vous avez
endurés pour servir la cause de l'Église et rester fidèle
à son chef suprême. Tout le monde connaît aussi votre
zèle infatigable pour la foi et le salut des âmes, ainsi
que l'efficacité de votre parole pour illuminer les
intelligences et attirer les cœurs à Dieu.

» Mais si la haute dignité du cardinalat est la récompense des services rendus et le stimulant à en rendre
de plus grands encore, nous voulons aussi qu'elle soit
une nouvelle preuve de notre considération et de notre
bienveillance toute particulière envers la Suisse dont
vous êtes fils. »

Des fêtes nombreuses furent aussitôt offertes à Rome
au nouveau cardinal ; il fut particulièrement touché
des ovations qui lui furent faites par la garde suisse.
Il répondit à ces affectueux hommages en exhortant
la vaillante garde pontificale à maintenir inébran-
lable sa triple fidélité au Pape, à l'Église et à la Patrie,
il lui rappela comment elle a été fondée il y a plus de
trois siècles sous les auspices d'un cardinal suisse.

C'est en effet par les soins du cardinal Mathieu
Schinner, évêque de Sion en Valais, que le pape Jules II
demanda à la diète, en 1512, de lui accorder deux cents
Suisses pour garde d'honneur. Jules II donna aux Suisses, avec de magnifiques présents, le beau titre de *libéra-
teurs de l'Italie* et de *défenseurs des libertés de l'Église.*

Des députations suisses représentant le clergé de Genève, de Fribourg, de Vaud et de Neuchâtel arrivèrent à Rome pour remercier le Saint Père de la promotion de leur évêque au cardinalat et pour assister, ainsi que le Révérend Père Alfred qui en avait reçu l'obédience du Supérieur de son Ordre et la famille de Son Éminence représentée par son neveu M. Philippe Grosset, banquier à Genève, à la prise solennelle de possession du titre presbytéral des saints Nérée et Achillée.

La cérémonie eut lieu le 30 juin, à huit heures du matin, au milieu de l'assemblée la plus imposante et la plus cosmopolite qui se puisse imaginer. Des dignitaires de tous les pays du monde s'y trouvaient réunis et prouvaient par leur présence à quelle immense variété d'âmes et de peuples s'était adressé l'apostolat de Mgr Mermillod. Les principaux instituts religieux de Rome, qui tous avaient des liens spéciaux les rattachant au nouveau cardinal, y étaient brillamment représentés. Les Pères de l'Oratoire, qui desservent l'église de saints Nérée et Achillée, eurent l'honneur de recevoir sur le seuil de la vieille basilique Son Éminence le cardinal Mermillod, qui arriva, portant la *Cappa Magna* à longue traîne, et prit place sur le trône. La Bulle pontificale lui conférant le titre presbytéral des saints Nérée et Achillée fut promulguée solennellement et le cardinal répondit par un discours de haute éloquence aux félicitations qui lui furent adressées par le recteur de l'église.

La cérémonie se termina par le chant du *Te Deum* et la bénédiction donnée par le cardinal titulaire.

En Suisse, les fêtes réservées au cardinal furent d'une incomparable splendeur. Dès qu'il mit le pied sur le sol de la patrie les ovations commencèrent et l'accompagnèrent jusqu'au palais fédéral à Berne, où elles revêtirent un caractère exceptionnel de dignité. Au dîner officiel, Mgr de Lausanne et Genève, répondant au discours du président de la confédération, dit ces gracieuses paroles : « Vous accueillez dans le nouveau cardinal un compatriote. Tout jeune je défendais Guillaume Tell. C'est par vous déjà que je fus accueilli après cette absence de dix années pendant laquelle je sentais, non que je manquais à ma patrie, mais que ma patrie me manquait. Le Pape aime la Suisse ; il a voulu honorer cette Suisse, terre neutre ; et si jamais la Suisse venait à être violée dans ses droits, il resterait ce vieillard pour défendre notre pays, dont les citoyens forment depuis longtemps la garde du Vatican. »

Dans le canton de Fribourg la réception se fit à l'entrée du territoire, au petit hameau de Sensebrücke. Un merveilleux cortège, composé de toutes les sommités ecclésiastiques et civiles de la Suisse, et suivi d'un grand concours de peuple s'était porté au-devant du prince de l'Église. Quand il descendit de voiture, presque en face de la chapelle du hameau, et gravit les degrés de l'estrade officielle, un frisson courut l'assistance.

On remarqua que l'allure du prélat était comme autrefois vive et dégagée ; sa taille ne s'était pas courbée sous la maladie et son regard avait gardé des éclairs, mais la pourpre faisait étrangement ressortir la pâleur du visage et les traits, plus accentués que de coutume, révélaient la fatigue et l'émotion.

Les évêques et le conseil d'État l'entouraient ; au bas de l'estrade sa sœur, ses nièces, avec leurs enfants qui portaient des fleurs, attendaient vainement un regard. Les deux enfants surtout ne savaient par quel moyen attirer l'attention du cher et vénéré grand-oncle ; enfin il les aperçut, sourit en voyant cette famille aimée et la bénit avec un visible attendrissement, le R. Père Alfred était là aussi, les yeux pleins de larmes. Le cardinal répondit ensuite par un beau discours à ceux qui lui furent adressés.

Les fêtes de Fribourg se refusent à toute description exacte : trente mille personnes se pressaient sous les pas de l'évêque ; les rues étaient tendues de tapisseries antiques, de festons, de verdure et d'écussons, de drapeaux rouges rehaussés d'or ? les couleurs pontificales, fédérales, cantonales et municipales se déployaient partout. Les cérémonies de la collégiale de Saint-Nicolas furent sublimes. Le Cardinal était en grand costume : soutane rouge, souliers rouges à boucles d'or, ceinture de moire rouge à glands d'or ; par-dessus le rochet à dentelles, mantelletta et mosette rouges. Sur la tête la calotte rouge; à la main, la barrette rouge et le chapeau rouge galonné d'or.

L'orgue trouva des accents d'une perfection inouïe; il y eût des chants superbes et de discours plus beaux encore. Les illuminations de la ville et des montagnes, les feux d'artifice, furent féeriques; le canon porta au loin l'écho des réjouissances et au milieu de tout cela, une sorte d'enthousiasme religieux, de joie pieuse, qui donnait à la population un cachet de dignité sévère, de gravité respectueuse. « Il y avait là l'impression de quelque chose de grave, qui tranche sur le fond neutre de l'existence contemporaine. Ce qui restait vivant, c'était le recueillement respectueux du peuple, toujours prêt à s'agenouiller devant la main qui sème la bénédiction...

Cette incomparable journée, vision des plus beaux âges chrétiens, prouva, une fois de plus, que nul ne sait, comme l'Église, organiser les fêtes et leur donner un caractère de grandeur idéale et de majesté suprême. On sent que si elle est l'expression du bien et du vrai, elle est aussi l'inspiratrice du beau et la gardienne du respect.

Un des incidents les plus remarquables fut l'audience spéciale accordée dans l'église des Ursulines aux catholiques de Genève venus, au nombre de six cents, pour féliciter « leur cardinal. » Il leur semblait bien réellement que ce jour-là, il était « à eux » plus qu'aux autres et ils avaient raison. « Entre tous les attendrissements de cette journée, leur disait le prélat, le plus

Le cardinal était en grand costume... (Page 295.)

touchant pour mon cœur et de voir mes diocésains de Genève. » « En vous apercevant disséminés, sur les places à mon arrivée, mon cœur et ma main vous bénissaient spécialement, et, du haut de la chaire de Saint-Nicolas, je pensais à vous en étendant la main sur toute la foule, parce que vous avez été plus que tous au combat et que vous l'avez vaillamment soutenu. »

Alors tous les enfants fidèles s'empressent autour du Père de leurs âmes ; ils veulent baiser son anneau, et lui, souriant et heureux, abandonne sa main à leurs respectueux baisers.

Un autre anneau, véritable merveille d'art, fut, en cette occasion, offert au nouveau cardinal par le comte Gabriel de Saint-Victor, au nom des anciens élèves du pensionnat des Pères Jésuites à Fribourg. Ce bijou, d'une facture originale, artistique, audacieuse et neuve est en or ciselé et émaillé, exécuté directement, sans fonte ni estampage. Une grande et rare topaze de forme ovale, à tête large et arrondie, terminée en pointe, rappelle le nimbe du Christ. Des petites languettes d'un vert pâle sertissent la pierre précieuse entourée de myosotis bleus, sur lesquels un chérubin appuie ses ailes irisées, tandis que sa tête nimbée de vert bleuâtre repose sur la pointe de la topaze. Les flancs du chaton sont ornés de motifs réguliers, émaillés turquoise sur fond noir. Enfin, l'anneau est attaché au chaton par deux plaques bordées de palmettes or et bleu lapis, à fond rouge — le rouge cardinalice où germent des branches

d'oranger émaillées au naturel, celles-ci fleuries,
celles-là chargées de fruits d'or. La devise : *Flores
fructus que perennes*, est gravée sur l'anneau. Cette
devise est un souvenir de saint François de Sales et
une allusion au discours qu'un an auparavant, avait
prononcé un aimable orateur. Après avoir rappelé
comment saint François de Sales, fondant une aca-
démie, lui avait choisi ce riant emblème, l'orateur
l'avait adapté et au collège de Fribourg et à la personne
de Mgr Mermillod : « Notre gracieux évêque, avait-il
dit, ne répand-il pas des fleurs avec abondance pour
le plaisir des oreilles et de l'esprit et pour le bien des
âmes, et les fruits de son apostolat ne sont-ils pas
aussi abondants que les séductions de sa parole? »

Le cardinal suisse avait cru pouvoir jouir en paix,
au milieu de ses diocésains, de l'élévation à laquelle
il avait été appelé : il voulait contribuer plus que
jamais, avait-il dit, au bien de sa chère patrie, mais
dans l'église catholique on ne s'élève que pour se
sacrifier davantage : une dignité nouvelle est un degré
de plus à gravir sur l'échelle de l'immolation et pour
Mgr Mermillod, plus que pour tout autre, la vie devait
être jusqu'au bout « une douleur à porter et un devoir
à accomplir. »

L'année ne s'était pas écoulée que Léon XIII le
mandait à Rome, le nommait protecteur de la congrégation de Jésus et de Marie, dite des Eudistes, et lui

laissait entrevoir son désir de le garder auprès de lui. Bientôt après la parole du Souverain Pontife, absolument positive, ne lui laissa plus d'illusion : « En vous élevant à la dignité de cardinal de l'église romaine, notre intention n'a pas été seulement de donner à vous et à votre illustre patrie un témoignage solennel de notre affection, mais aussi d'accroître bien à propos le nombre de ceux qui, par leur dévoûment et leurs conseils, nous viennent en aide dans la conduite de l'Église universelle. »

En fils soumis du pape, l'évêque de Lausanne et Genève n'hésita pas ; mais, depuis, on le vit pleurer souvent, quand il se croyait seul. Il appelait la pourpre son second exil et sa santé, déjà altérée, commença dès lors à décliner sensiblement. On pressentait le malheur et quelqu'un dit, avec une navrante vérité : « Le Pape vient de lui donner un beau linceul. »

Le siège de Lausanne et Genève était donc vacant ; le Saint-Père fit choix d'un nouveau titulaire dans la personne de Mgr Déruaz, alors curé de Lausanne.

Le cardinal Mermillod donna lui-même, à Rome, la consécration épiscopale à son successeur : on conçoit avec quelle émotion. C'était la porte de la patrie qui une fois encore semblait se refermer sur lui ; désormais les nuages empourprés du soir allaient dérober à ses yeux le sommet virginal de ses Alpes et les horizons bleus de la patrie.

Ces sentiments se révèlent dans la lettre pastorale

qu'il envoya à ses diocésains : « C'est le cœur bien
ému, dit-il, que nous vous adressons notre parole
épiscopale pour la dernière fois ; la volonté de Dieu et
cette volonté adorable seule peut rompre les liens si
doux et si forts qui nous attachaient à vous comme le
guide spirituel et le directeur de nos âmes. » « Malgré
nos déchirements intimes, nous obéissons à la voix du
chef suprême comptant avant tout soi Dieu qui féconde
l'abnégation, bénit le sacrifice, console et fortifie
l'obéissance. Les leçons de Notre-Seigneur à Saint-
Pierre nous reviennent à l'esprit : « Quand vous étiez
jeune, vous alliez où vous vouliez, et maintenant que
vous êtes avancé en âge, un autre vous conduit là, où
vous ne songiez pas à aller. »

A tous, il envoie des adieux attendris, dans lesquels
se mêlent et reviennent sans cesse des sentiments de
regrets et d'affections pour son peuple, et l'expression
de son respect et de son obéissance aux ordres du Souverain Pontife.

« Etre à Rome, dit-il en achevant, c'est être près du
Vicaire de Jésus-Christ : ici moins qu'ailleurs nous ne
pouvons oublier qu'il n'y a pas de distance pour ceux
qui vivent dans le cœur du Rédempteur, pour ceux
qui sont ensemble dans le giron de la Sainte Eglise. »

Toute cette lettre d'une beauté antique respire la
mélancolie sereine d'une âme qu'atteignent encore les
tristesses de la vie, mais qui, déjà, fixe invincible-
ment son regard vers les joies de l'éternité.

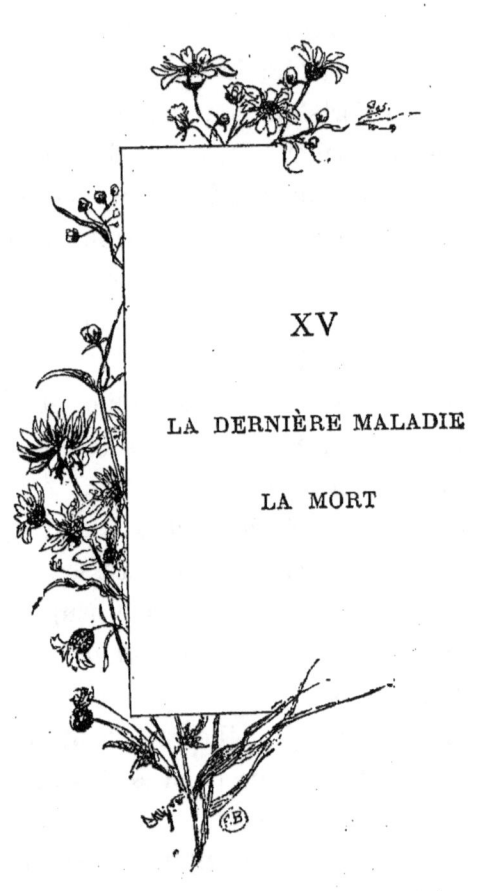

XV

LA DERNIÈRE MALADIE

LA MORT

Il y revenait malade, mais non découragé. (Page 308.)

CHAPITRE XV

LA DERNIÈRE MALADIE. — LA MORT.

A ROME, les travaux du cardinal ne lui avaient laissé que peu de repos, mais, quoiqu'il fût souffrant depuis bien des mois et que des douleurs intenses dans les régions de l'estomac se fussent de nouveau fait sentir, aucun symptôme cependant qui pût faire présager un déclin subit, ne s'était produit dans sa constitution. Elle paraissait très altérée par la fatigue, mais l'âge n'avait rien enlevé à l'agilité de sa marche, à l'élévation de sa pensée, à la rapidité de sa conception, au charme de sa parole. Néanmoins, quand arriva l'époque des grandes chaleurs, son état prit brusquement un caractère assez grave qui inquiéta les médecins. Le repos absolu et l'air

natal furent conseillés; le cardinal fit ses prépara-
tifs de départ et vint s'installer dans sa demeure de
Monthoux, près d'Annemasse. Cette propriété charmante était un de ses séjours préférés; l'air y était
pur et fortifiant, le calme absolu, la vue splendide :
d'un côté Genève, de l'autre le Mont-Blanc, tout
éclatant de neige. Le prélat avait aimé les aspects sans
cesse renouvelés de ce pays où chaque goutte de pluie
et chaque rayon de lumière transforment l'horizon,
son œil s'était reposé sur ces teintes dont la variété
infinie semble le soir offrir aux regards un autre tableau que celui du matin. Il y revenait malade, mais
non découragé ; autour de lui on espérait et il espérait
lui-même. Le voyage cependant l'avait grandement fatigué et peu de jours après son installation il fut pris
d'une hémorragie violente. Le médecin appelé en toute
hâte trouva le malade extrêmement faible, mais une
amélioration sensible s'étant produite dès le lendemain
son entourage reprit confiance et il fut décidé qu'il irait
s'installer pour quelques jours à Saint-Gervais-les-
Bains, où il parut en effet reprendre un peu de force et
de vigueur. C'est ce qu'il constate lui-même dans cette
petite lettre adressée au directeur d'un pèlerinage :
« Mon cher Père, permettez-moi de solliciter vos prières
   et de vous envoyer cent francs pour payer le voyage
d'un malade à Lourdes dans votre grand pèlerinage.

« Ma santé s'est améliorée en respirant un air fortifiant en Savoie, mais j'ai besoin d'un repos absolu

pour maintenir cette amélioration. Priez pour moi
Notre-Dame de Lourdes, et recevez mes meilleures
bénédictions pour vous et votre communauté. »

Il revint à sa compagne de Monthoux et là, au sein
de son repos et au milieu de ses souffrances, il méditait encore le travail et obtenait du pape l'autorisation
de faire tenir à Fribourg, en 1892, un congrès inter-
national catholique. Mais le mal continuait ses ravages,
l'estomac ne fonctionnait plus et le prélat n'était plus
que l'ombre de lui-même. La Suisse entière suivait
avec anxiété, dans les journaux, le récit des doulou-
reuses alternatives de mieux être et de rechutes qui se
produisaient dans la maladie.

Mgr Déruaz, son successeur sur le siège de Lausanne
et de Genève, pour lequel le cardinal avait depuis
longtemps une affection, une confiance et une estime
profondes, était venu le voir plusieurs fois déjà ; dans
une nouvelle visite, Sa Grandeur fut frappée de l'alté-
ration des traits de l'auguste malade et, ne gardant aucune illusion sur les progrès du mal, elle ordonna
dans son diocèse des prières publiques.

Une aggravation plus marquée s'étant produite
les jours suivants dans l'état de Son Eminence, elle
voulut recevoir l'Extrême-Onction des mains du
Mgr Isoard, évêque d'Annecy.

Les onctions de l'Eglise et les prières des fidèles pa-
rurent avoir fait violence au ciel ; une réaction de
bon augure se produisit subitement ; on crut à une

convalescence ; le malade put même un jour faire, sans trop de fatigue, le tour du parc.

Durant ses souffrances très aiguës, le pieux prélat ne se départit jamais de son excessive douceur, à laquelle s'ajoutait une sorte de tendresse émue quand il revoyait d'anciens amis. Une prière résignée et'confiante occupait d'habitude sa pensée et, dès qu'il s'en sentait la force, il récitait le chapelet avec les personnes de sa maison. Sa vive piété envers la Très Sainte-Vierge les édifiait et les attendrissait tous.

De toute part on priait pour lui, de toute part arrivaient des lettres et des visites demandant le bulletin de sa santé. « J'en suis bien touché, disait-il à son secrétaire qui l'informait de cette sollicitude générale. Dites que je remercie tous ceux qui prient pour moi et que j'envoie à tous et à chacun une bénédiction affectueuse et reconnaissante. »

La nouvelle de cette maladie causa à Rome un véritable émoi : Sa Sainteté demandait avec inquiétude des nouvelles de cette santé si chère et faisait écrire par le cardinal secrétaire d'Etat à sa grandeur Mgr Déruaz pour le charger de porter la bénédiction apostolique au vénéré malade et l'assurer de ses incessantes prières. Celui-ci remerciait, souriait, et paraissait profondément touché de l'affection du Saint Père. La pensée des travaux qui l'attendaient dans la ville éternelle reprenait tout son ascendant ; d'ailleurs l'hiver étant venu, le séjour de l'Italie pouvait lui être favorable ; une fois encore, la vie si gravement menacée parut se raffermir et l'on put commencer à élaborer dés projets de voyage à Rome.

Le Révérend père Alfred, frère du cardinal, sa sœur, madame Grâce, son secrétaire intime, M. l'abbé Chauffat, pour lequel il avait une véritable amitié, la sœur garde-malade et M. le docteur Python de Fribourg qui avait toute la confiance du malade et de sa famille, l'accompagnèrent dans ce périlleux trajet. Le voyage se fit relativement bien, mais le cardinal ne put solliciter une audience au Vatican. Il ne devait plus revoir le Saint-Père; son état de santé ne le lui permit plus.

On se faisait cependant une illusion autour de Son Eminence. Sa santé devient meilleure, écrivait-on; lui-même le croyait et essayait de se remettre au travail. Son esprit universel et attentif voulait s'occuper encore de toutes les grandes questions qui agitaient le monde et, d'autre part, aucun détail, aucune œuvre intéressant sa chère Suisse n'échappait à sa sollicitude. De Rome il recommanda à la générosité des catholiques la fondation d'une nouvelle église catholique-romaine à Zurich et appela sur ceux qui voudraient contribuer à cette bonne œuvre les bénédictions célestes.

Durant plus de deux mois le climat de Rome et la joie d'avoir pu revenir dans la ville sainte raviva le malade; le mardi, 9 février, il fit encore une promenade en voiture, accompagné de son secrétaire.

Le 14, une légère atteinte d'influenza le mit au lit et cette indisposition donna immédiatement des inquiétudes sérieuses. Les forces diminuaient ; il était à prévoir que le prélat ne se relèverait pas.

Le 17, la faiblesse augmentant d'heure en heure, son secrétaire, M. l'abbé Chauffat, jugea qu'il ne fallait pas tarder davantage l'administration des sacrements et le curé de la paroisse, dans laquelle demeurait Son Eminence, fut demandé. A 3 heures après-midi, il apporta le Saint-Viatique.

Le Maître venait à son fidèle serviteur si longtemps debout dans l'arène du combat et maintenant couché dans les bras de la mort. A l'entrée du palais Folchi, qu'habitait le cardinal, toutes les personnes de la maison, toute sa famille, un cierge à la main, accompagnèrent Notre-Seigneur jusqu'auprès de la couche funèbre. Des religieux amis, convoqués en hâte, se trouvaient là, et tous répondirent à haute voix au *Miserere* que psalmodiait le prêtre.

C'était le 17 février, le jour anniversaire de l'exil !

La faiblesse extrême et la fièvre dévorante empêchaient le malade de répondre aux prières liturgiques, mais quand on lui annonça l'arrivée de Notre-Seigneur, il traça, de sa main tremblante, le signe de la croix et, par un effort suprême de volonté, renouvela encore le signe béni au moment où il reçut l'indulgence plénière.

Les cérémonies saintes achevées son secrétaire se

Enfin, le mardi 23 février 1892, Son Éminence le cardinal Mermillod
rendait le dernier soupir. (Page 317.)

rendit auprès du Saint-Père, qui accorda aussitôt au malade la bénédiction apostolique.

Dans la nuit du vendredi au samedi son état empira subitement ; M. l'abbé Chauffat fit réitérer au malade, qui avait toute sa connaissance, les actes de foi, d'espérance, de charité et de contrition, et lui renouvela la sainte absolution. Il demanda ensuite au cardinal de bien vouloir bénir le diocèse de Lausanne, en particulier Genève et le clergé, sa famille, tous ceux qui l'avaient servi, tous ceux qui lui avaient fait du bien. « Oh ! oui, dit-il à plusieurs reprises, oui ! » Celui auquel on a pu appliquer ce mot historique : « Si on l'eut ouvert après sa mort, on eut trouvé *Genève* au fond de son cœur, » revoyait à travers les voiles de l'agonie le pays qu'il avait si passionnément aimé.

Son frère, sa sœur, son neveu, la sœur garde-malade et les gens de sa maison étaient à genoux auprès du lit, mêlant leurs larmes à leurs prières.

Vers le matin, le R. Père Alfred dit au mourant : « Je vais célébrer la messe, veuillez vous unir à moi pour l'offrande du sacrifice. « Oh ! oui, dit-il, de tout cœur, » et il put communier encore une fois des mains de son père. M. l'abbé Chauffat lui dit les actes avant et après la communion, puis le vénéré malade offrit le sacrifice de sa vie pour l'Eglise, pour le Pape et pour le diocèse de Lausanne et Genève.

Le Procureur général des Chartreux et le R. Père Eusèbe du même ordre, qui avaient été de tout temps les amis intimes et dévoués du cardinal, arrivèrent vers cinq heures et demie du matin et sollicitèrent une dernière bénédiction. « Oui, toute particulière, » dit encore le prélat, et il les bénit plusieurs fois.

Et toujours quand un membre de sa famille, ou une autre personne admise, demandait sa bénédiction, ce n'était pas une croix seulement mais cinq ou six fois qu'il imprimait sur leur front le signe sacré. C'est ainsi qu'il bénit ses serviteurs dévoués, ses amis intimes, le R. P. Captier, procureur des Sulpiciens, le docteur Villad comme représentant le diocèse : dans la mort, comme pendant la vie, l'auguste prélat ne se lassait pas de bénir. Quand son secrétaire, revenant du Vatican, lui apporta une seconde fois la bénédiction papale le malade saisit sa main et la baisa, voulant lui témoigner ainsi sa gratitude de la consolation suprême qu'il lui apportait.

Son état de souffrance ne lui faisait oublier personne ; les moindres services qu'on lui rendait provoquaient toujours des remerciements et, chose admirable, jamais, durant tout le cours de sa maladie, il ne laissa échapper la moindre plainte. Quand on lui parlait de sa guérison : « Ce sera comme le bon Dieu voudra, » répondait-il ; tout au plus, au moment des plus grande douleurs, il soupirait : « Quelle épreuve ! »

Quand il reçut le télégramme de Sa Grandeur, Mgr Déruaz, qui lui annonçait des prières et lui offrait son affectueux souvenir, le Cardinal parut très touché et dit à plusieurs reprises : Merci, merci.

Au Vatican on se montrait profondément attristé ; le Pape et le Cardinal priaient beaucoup pour Son Eminence.

Les dernières journées furent très calmes, les forces s'en allaient peu à peu.

Enfin le mardi, 23 février 1892, à 11 heures 20 du matin, son Eminence le cardinal Mermillod rendait à Rome le dernier soupir.

Mgr Mermillod était devant Dieu où ses œuvres l'avaient précédé. Le corps revêtu de ses ornements sacerdotaux fut étendu sur un lit de repos dans son appartement du palais Folchi. L'expression du visage est calme et douce, les lèvres ont gardé un sourire, comme si une rayonnante vision avait illuminé le dernier sommeil ; les personnes qui viennent prier et pleurer dans la chambre funéraire se succèdent sans interruption. Ce sont les P. Capucins qui veillent le corps et récitent les prières.

Les feuilles publiques, en portant à l'Europe entière la funèbre nouvelle, furent unanimes dans les éloges décernés à la vertu et au talent de l'infatigable défenseur de l'Église. On se plut à rappeler sa bonté gracieuse, son dévoûment à toutes les grandes causes, la sûreté de son regard qui, des premiers, avait aperçu le péril de la question sociale.

« Le cardinal Mermillod, dit le *Moniteur de Rome*,

aimait son siècle et son époque ; il en comprenait merveilleusement les tendances et en partageait les aspirations légitimes. Une de ses plus nobles préoccupations
fut toujours d'y adapter le rôle social de l'Église.

» Fils d'un pays républicain, le cardinal Mermillod
était profondément pénétré de la puissance de l'idée
démocratique et de la nécessité qui incombe aux
catholiques d'entrer en plein dans le courant de leur
siècle. »

» Mgr Mermillod était en réalité, disait un autre
journal, le plus aimable des hommes, et ceux qui ont
eu l'honneur de l'approcher n'oublieront jamais son
exquise bonté : il est possible qu'il n'ait pas converti
tous ceux qui l'ont connu, mais il est certain qu'il les
a tous conquis. »

Les funérailles eurent lieu le 25, en l'église paroissiale des saints Vincent et Anastase, et la dépouille
mortelle fut transportée ensuite au cimetière de Saint-
Laurent hors les murs, dans le caveau des PP. Chartreux, tout près du tombeau de Pie IX.

L'illustre défunt avait écrit dans son testament : « Je
désire que ma sépulture soit simple, que l'on ne mette
ni fleurs, ni couronnes, ni bouquets sur mon cercueil, que l'on se conforme aux règles de la sainte
Liturgie. »

« Une simple inscription indiquant ce que j'ai été,
avec cette courte épitaphe : *Dilexit Ecclesiam* « il a
aimé l'Église » sera très suffisante et dispensera des

pompeux éloges qui marquent trop souvent le néant du tombeau. »

Ces pieux désirs furent ponctuellement respectés ; l'apôtre, dont l'Europe entière s'était si longtemps occupée, s'enveloppait lui-même dans le silence de l'humilité.

Celui qui avait recueilli et dépensé pour les œuvres catholiques des sommes fabuleuses mourait pauvre, ne pouvant même pas laisser un souvenir à ceux qu'il avait le plus aimés, mais fidèle jusqu'à la fin à son amour pour la sainte Église et pour le pape il ajouta à son testament ce codicille : « Si le Souverain-Pontife daigne l'agréer, je me permets de lui offrir tout le mobilier de mon appartement à Rome, via Marche, I. J'ose lui exprimer le désir que rien ne soit vendu à l'enchère, mais que tout soit remis à la disposition du chef de la Sainte Église pour le Denier de Saint Pierre et être distribué selon son bon plaisir aux cardinaux, évêques et prélats qui n'auraient pas de ressources. Le saint Père reste juge absolu ; qu'il daigne agréer ce modeste hommage d'un cœur filialement dévoué. »

Léon XIII, vivement ému de ce témoignage suprême d'affection respectueuse, a bien voulu accepter ce don pour son usage personnel et, le dimanche suivant, il reçut en audience spéciale les membres de la famille et le secrétaire de Son Éminence le cardinal Mermillod. Sa Sainteté désirait leur dire elle-même combien elle prenait part à leur deuil.

« C'est une grande perte pour l'Église et pour moi, dit le Saint Père ; le cher cardinal ne s'est jamais soigné, c'est son zèle qui l'a emporté. Il ne faut pas s'attrister, mais il faut se réjouir car il aura une grande récompense, il était regardé par tout le monde comme un apôtre et comme un saint. »

Cette parole tombée de si haut est la plus belle des oraisons funèbres, et tous ceux qui ont connu de près le cardinal Mermillod s'inclineront avec bonheur devant ce témoignage suprême du chef de l'Église.

TABLE DES MATIÈRES

21

EN VENTE A LA MÊME LIBRAIRIE

1 fort vol. in-8° illustré de nombreuses compositions. (Couverture illustrée.)

Les Jeudis de mes filleuls *ou l'Histoire sainte racontée aux enfants*, 2 vol. in-8° illustrés de 150 gravures. (Couvertures illustrées). Chaque volume se vend séparément; le tome I renferme l'*Ancien Testament*, le tome II le *Nouveau Testament.*

Foi et Honneur, par J. MASSIN. 1 joli vol. in-8° illustré de nombreuses compositions hors texte par BARENTIN. (Couverture illustrée.)

Légendes d'Auvergne, par LUDOVIC SOUBRIER, 1 beau vol. in-8° illustré de nombreuses compositions hors texte, vignettes, culs-de-lampe, lettres ornées. (Couverture illustrée.)

Les Mémoires d'un gros sou, par SYLVA CONSUL. 1 beau vol. in-8° illustré de nombreuses compositions hors texte par F. BOUISSET. (Couverture illustrée.)

Négro. *Aventures d'un Caniche parisien*, par SYLVA CONSUL. 1 beau vol. in-8° illustré de nombreuses compositions hors texte par J. MAUREL. (Couverture illustrée.)

Faits et gestes d'enfants. *Nouvelles*, par M. l'abbé LUDOVIC BRIAULT. 1 fort vol. in-8° illustré de belles compositions hors texte par F. BOUISSET. (Couverture illustrée.)

Les Conversions célèbres, par LÉO TAXIL. 1 fort vol. in-18 jésus illustré de belles gravures hors texte.

Jeanne d'Arc, par M. l'abbé MOUCHARD. 1 petit vol. in-8° illustré de nombreuses gravures. (Belle couverture.)

Christophe Colomb, par M. T. JOSÉFA. 1 fort vol. in-8° illustré de nombreuses compositions hors texte, vignettes, culs-de-lampe. (Couverture illustrée.)

Réponses courtes et familières aux objections les plus répandues contre la religion, par MGR DE SÉGUR. 1 fort vol. in-8° illustré de nombreuses compositions hors texte, par F. BOUISSET. (Couverture illustrée.)

Notre-Dame de Lourdes, par HENRI LASSERRE. 1 fort vol. in-8° illustré de nombreuses compositions dans et hors texte. (Couverture illustrée.)

Les Épisodes miraculeux de Lourdes, par HENRI LASSERRE, 1 fort vol. in-8° illustré de nombreuses compositions dans et hors texte. (Couverture illustrée.)

Bernadette (*Sœur Marie Bernard*), par HENRI LASSERRE. 1 fort vol. in-8° illustré de nombreuses compositions dans et hors texte. (Couverture illustrée.)

ÉMILE COLIN — IMPRIMERIE DE LAGNY

Émile Colin. — Imprimerie de Lagny.